EZGİN KILIÇ

Her Kalbe Bahar Gelir

ama bazıları çiçek açar

DESTEK
yayınları

DESTEK YAYINLARI: 1246
EDEBİYAT: 392

EZGİN KILIÇ / HER KALBE BAHAR GELİR AMA BAZILARI ÇİÇEK AÇAR

İmtiyaz Sahibi: Yelda Cumalıoğlu
Genel Yayın Yönetmeni: Ertürk Akşun
Yayın Koordinatörü: Özlem Esmergül
Editör: Devrim Yalkut
Kapak Tasarım: Melike Doğan
Sayfa Düzeni: Cansu Poroy
Sosyal Medya-Grafik: Tuğçe Budak - Mesud Topal

Destek Yayınları: Eylül 2020
Yayıncı Sertifika No. 13226

ISBN 978-605-311-935-7

Abdi İpekçi Caddesi No. 31/5 Nişantaşı/İstanbul
Tel. (0) 212 252 22 42
Faks: (0) 212 252 22 43
www.destekdukkan.com
info@destekyayinlari.com
facebook.com/DestekYayinevi
twitter.com/destekyayinlari
instagram.com/destekyayinlari
www.destekmedyagrubu.com

Deniz Ofset – Nazlı Koçak
Sertifika No. 40200
Maltepe Mahallesi
Hastane Yolu Sokak No. 1/6
Zeytinburnu / İstanbul

DESTEK yayınları KARAKARGA BEYAZ BAYKUŞ genç DESTEK

EZGİN KILIÇ

Her Kalbe Bahar Gelir

ama bazıları çiçek açar

DESTEK
yayınları

"Merhaba arkadaşım, yeni bir yolculuğa hoş geldin...

Birlikte ne çok şey öğrendik değil mi? Ne çok şeye alıştık, ne çok şeyi unuttuk, ne çok şeyden vazgeçtik... Başka hikâyelerde kendi yaramızı sardık, acımızı hafiflettik. Fakat hiç son bulmayacak kendimizi iyileştirme çabamız. Çünkü hayat devam ettikçe öngöremediğimiz birçok durumun içinde bulacağız kendimizi. Bazen aynı yerden kırılacağız, bazen de bambaşka bir yerden yara alacağız. Yine de çocuk gibi küsüp sırtımızı dönemeyiz hayata! Yüzümüze kapanmış bin kapı da olsa bin birinci kapıyı açmayı denemek zorundayız. Umudumuzu kaybetme gibi bir lüksümüz yok bizim! Bu yüzden sabırlı ol arkadaşım. Karanlığın sonundaki aydınlık kaçınılmazdır...

Yepyeni bir serüvene hazır mısın şimdi?

Pusulası umut olan bir hikâye bırakıyorum avuçlarına. Yüreğinden umut asla eksilmesin. İyi ki varsın arkadaşım..."

I. Bölüm

İçi rengârenk ay dilimleriyle dolu bir miskete ömrümün kalanını feda edecek kadar çocuktum... Hayatımın en güzel günü sandığım o günün, ömrümü bir kâbusa dönüştüreceğini bilmiyordum.

Babamı öldürdüğüm o günden sonra hiçbir şey eskisi gibi olmadı. Kalbimin dehlizlerinde gizlenen neredeyse otuz yıllık bir vicdan azabından bahsediyorum. Pişmanlık, zaman zaman ortaya çıkıp insanın ruhunu parçalayan vahşi bir hayvan gibi... Keşke zamanı geriye alıp her şeyi değiştirebilseydim...

Hayal meyal hatırlıyorum dizinde uyuduğum babamı ve kendini boynundan tavana asarak yaptığı salıncakta sallanan annemi. Altı yaşındaydım ve dünyanın en güçlü, en marifetli babasına sahiptim. Köyde kimsenin yapamadığı işleri babam yapar, en ağır yükleri o taşır, neredeyse bütün bahçe işlerine yine o koştururdu. Onunla nasıl gururlandığımı anlatamam. Oysa bütün bunlar babamın ne kadar güçlü olduğunun değil, yoksulluğumuzun göstergesiymiş. Bunu algılayabilecek yaşa geldiğimde babamı çok daha fazla özler olmuştum.

Belleğimin bir köşesinde babamın bana "Kaptan" diye fısıldadığını duyuyorum hâlâ. Bir vasiyet gibi kulağımda yankılanan bu kelimeden dolayı gemi kaptanı olmuşumdur belki de. Bilemiyorum... Anneme gelince pek bir şey hatırladığım söylenemez. Ne bir sözcük, ne bir gülümseyiş, ne bir sıcaklık... Babama karşı ne kadar derin bir vicdan azabı duyuyorsam, anneme karşı da o kadar derin bir sitemle doluyum. Ona dair gözümde canlanan tek şey bir kâse yoğurt. Babamın cenazesinden birkaç gün sonraydı. Bir öğlen vakti eve gittiğimde annem önüme bir kâse yoğurt koydu ve kurduğu yer sofrasına oturmadan mutfaktan çıktı. Her zamanki gibi benimle tek kelime bile konuşmamıştı. Hayatım boyunca yiyeceğim son yoğurda baktığımı bilmiyordum. Yemeğim bitince olduğum yerde uyuyakaldığımı gözlerimi yeniden açtığımda fark ettim. Uyandığımda evin içinde annemi aramaya başladım. Annemi en son o gün, banyo tavanından sarkan bir ipin ucunda boynundan asılmış, sallanırken gördüm. Yüzünü hatırlamıyorum ama çıplak ayakları gözlerimin önünden gitmiyor. Sallandığı yerden inmesi için yalvardım, buz kesilmiş ayaklarını öptüm, bacaklarına sarıldım. Eğer gücüm yetseydi annemi oradan indirip yatağına yatırmak isterdim. Benimle konuşmayacağını bildiğim halde uykusunda sohbet ederdim onunla. Beni neden sevmediğini hiç sorgulamadan "Sen beni hiç sevmesen de ben seni seviyorum anneciğim" derdim.

Ne annemi sarktığı tavandan indirmeye gücüm yetti, ne yatağına yatırabildim, ne de onu çok sevdiğimi söyleyebildim. Bacaklarına sarılıp ağlamaktan başka elimden hiçbir şey gelmedi. Çünkü altı yaşında olmak, bazı acılarla yüzleşmek için çok erkendi. Üstelik birkaç gün arayla hem babasının hem de annesinin ölümünü izlemiş çaresiz bir çocuktum. Bütün kökleri koparıldıktan sonra çölün ortasında hayata tutunması beklenen bir ağaç gibiydim.

O sıralarda babamın İzmit'te yaşayan uzaktan akrabası Harun Amca köye ziyarete gelmiş, ailemin cenazelerinde bulunmuştu. Bana sahip çıkacak kimsem olmadığını görünce acımış olmalı ki beni de yanına alıp İzmit'e götürdü. Demir bir halkaya geçirilmiş üç anahtar kalmıştı babamdan geriye. Köyden ayrılırken yanımda götürdüğüm tek hatıra boynumda asılı duran o anahtarlardı...

Harun Amca elli yaşını aşmış tıknaz, gözlüklü, yaşına rağmen simsiyah gür saçları olan bir adamdı. Arzuhalcilik yapmasının getirdiği resmiyetten olsa gerek onu gülümserken görmek neredeyse imkânsızdı. Evde olduğu zamanlarda bile takım elbiseyle oturup gazete okur, ciddiyeti asla elden bırakmazdı. Her ne kadar belli etmese de karısı Handan Abla'ya göre çok daha sevecen ve merhametli olduğunu söylemeden edemeyeceğim. Handan Abla, Harun Amca'dan dokuz yaş küçük olmasına rağmen yaşlanmaktan ödü kopuyordu. Olduğundan daha genç görünmek için bütün vaktini ayna karşısında geçirir, cildindeki yıpranmaları gizlemenin yollarını arardı. Bir de benimle yaşamaktan pek hoşnut sayılmazdı. Her fırsatta geçim zorluğundan, ödenecek faturalardan dem vurur; herkesin okumak zorunda olmadığını, benim de bir an evvel hayata atılmam gerektiğini öğütleyip dururdu. Akşamları yemekten önce ekmek almak için beni bakkala gönderirdi. Sofraya oturduğumuzda yeni alınan ekmeği bir çırpıda ikiye bölüp bir parçasını Harun Amca'nın önüne, diğer parçasını da kendi önüne koyardı. Benim önümdeyse hep bir önceki günden kalma ekmek parçası olurdu. Tabaktan aldığım her kaşık yemekten sonra "Daha doymadın mı?" der gibi bakardı gözlerime ve ben her sofradan boğazım düğüm düğüm olmuş halde kalkardım. Bu sessiz konuşmalardan Harun Amca'nın hiç haberi olmadı, ben de hiçbir zaman ona söyleyemedim. Sanırım Handan Abla'nın hayata atılmak dediği şey ailemi kaybettiğimde çoktan başlamıştı...

Gündüzleri Handan Abla'nın misafirleri hiç eksik olmazdı. Gelenlere hikâyemden acındırarak bahseder, benim için yaptıkları fedakârlığı ballandıra ballandıra misafirlerine anlatırdı. Böylelikle arkadaşlarının gözünde merhametli biri olarak yüceldiğini zannediyordu muhtemelen. Ama bunlar beni daha çok acıtmaktan başka bir işe yaramıyordu. Okumak için yurtdışına giden, sonrasında gittiği yere yerleşen oğlundan söz ederken gözleri büyürdü. Hiçbir çocuk onun gibi olamazmış. Hem aileden uzakta yaşamak hem de aklı başında olmak kolay değilmiş. Günümüz gençleri keşke onun gibi olsaymış. Ama bir taneymiş onun oğlu, gözünün nuruymuş... Konu oğlu olunca hep övgüyle bahsederdi ondan. Fakat onların yanında kaldığım sürece oğulları evine hiç dönmedi.

Handan Abla'ya göre ziyarete gelmek istiyormuş ama çalıştığı şirkette yerine bakabilecek kadar yetenekli kimse olmadığından bir türlü gelemiyormuş ailesinin yanına. Koca şirket ona muhtaçmış. Kendi oğlunu anlatırken koltukları kabarır, gözleri parıldardı. Eminim ki Handan Abla oğlunun yurtdışında başarılı biri olmasındansa yanında olmasını daha çok isterdi ama bunu dile getirmezdi...

Bütün bunların üzerinden bir yıl geçmişti, mahallede beni yazdırdıkları okula başlamıştım. İlk zamanlar yeni ortama alışmakta oldukça güçlük çekiyordum. Hayatımın hiçbir kısmında yeni arkadaşlar edinme gibi bir arzum olmadı, insanlarla iyi geçinmek gibi bir çaba içine de girmedim. Kendi halinde sıradan biri olmaya çalıştıkça tepene binen çok oluyor ne yazık ki. Kaçtıkça daha çok batıyorsun, daha çok bulaşıyorsun çamura. Biri bana bir şeyleri dayatmaya çalıştığında ya da üzerime yürüdüğünde kalbim ağzımda atıyordu sanki. Bana zarar verdikçe kahkahalara boğulan Kerim geliyordu gözümün önüne. Hem öfkeden çıldırıyor hem de deli gibi korkuyordum ondan. Eğer bu koca dünyada kimsesiz bir çocuksan ve zayıfsan hayat pek de cömert davranmıyor sana. Çünkü baban yoksa bütün dağlar üzerine çöküyor, un ufak oluyorsun ve anne sıcaklığı değilse eğer yüreğindeki, cehennem ateşi bile insanın kalbindeki buzları eritmeye yetmiyor... Okulun ilk dört yılı bana saldıran insanlardan korkarak ve onların yoluna çıkmaktan kaçınarak geçmişti. Çokça dalgın olduğum ve zihnimden giderek silinen geçmişimi düşündüğüm bir gündü. Okulun bahçesinde otururken futbol oynayan çocukların topu yanıma kadar gelmişti ama fark etmemiştim bile. Bir anda ensemde patlayan tokatla neye uğradığımı şaşırdım. Acıyan başımı tutarak kafamı kaldırdığımda karşımdaki çocuğun son sınıfların eşkıya takımından olduğunu seçebiliyordum.

O saniye "Ulan piç! Sana topu at diyoruz, niye atmıyorsun?" diye kükreyen bir sesle yüzüme inen ikinci tokadı da acıyla hissettim. Bir anda yine Kerim belirdi gözlerimin önünde. Ekşi ekşi gülüyor, ben ağladıkça keyiften dört köşe oluyordu. Ne olduysa işte o an oldu. İlk defa korkmadım, ilk defa birilerinin yoluna çıkmaktan kaçınmadım! Düştüğüm yerden kalkarken avucumda sıkıca kavradığım taşı bana piç diyen o çocuğa kaç defa vurduğumu bilmiyorum. Kavgayı ayıran öğretmenin parmaklarını kulağımda hissederek yürürken diğer çocukların gözlerindeki dehşeti gördüm. Korkuya ilk kez kendi içimde değil, başka birilerinin suratında şahit olduğum muhteşem bir andı bu. O zaman öğrendim ki hayatta her şeyden korkacak kadar cesur olmamak lazımmış. Çünkü hiçbir korku kaçarak ya da saklanarak sona ermiyor. Son bulmayacak şeylerden bir ömür boyu kaçmayı göze almak büyük bir cesaret istiyor doğrusu. Ben kaçmayı değil, yüzleşmeyi seçtim. Bazen ne olacaksa olsun deyip mutlak sonla yüzleşmek gerekir. O gün de öyle oldu işte... Ertesi gün Harun Amca'yı okula çağırdılar ve okulla olan ilişiğim kesildi. Böylelikle okulda sizi tokatlayıp küfreden birine haddini bildirmenin ağır bir disiplin suçu olduğunu öğrenmiş oldum. Okuldan atılmak beni üzmemişti, aksine içim anlam veremediğim bir şekilde huzurla doluydu ve kendimle gururlanıyordum. Bütün cesaretimle suratını dağıttığım kişinin Kerim olmaması dışında üzüldüğüm hiçbir şey yoktu. Bu olaydan sonra yeniden dikiş tutturmak hiç kolay olmadı. Kaydolduğum yeni okullardan da benzer durumlardan dolayı peş peşe kovuluyordum. Daha ilk günden itibaren aramıza duvarlar ören Handan Abla'nın da artık bana tahammülü kalmamıştı. İstanbul'daki herhangi bir yatılı okulda okumam konusunda Harun Amca'yı da ikna etmişti. Böylece evinde tiksinerek bakacağı bir haşere olmayacaktı. Her şey tam da onun istediği gibi oldu ve İstanbul'da bir yatılı okula kayıt yaptırdık. Nihayet veda günü geldiğinde Handan Abla'nın elini öpüp helallik istemek için yanına yaklaştım, elinin tersiyle yaklaşmama bile gerek olmadığını işaret ederek beni kendinden uzak tuttu. O zaman anladım ki bu evden çıkıp gittiğimde o kapı bir daha bana açılmayacaktı. Öyle de oldu...

“Eğer özünde iyi bir insan olmayı başarabilirsen
hayat karşına çıkan kötülükleri bile bir
buket çiçekle sunar sana...”

II. Bölüm

Harun Amca'yı görmeyeli yıllar geçmişti ve ben artık on yedi yaşında bir delikanlıydım. O eve yalnızca yatılı okula gittiğim dönemin ilkyaz tatilinde dönmüştüm. Zili defalarca çalmama rağmen kapı açılmamıştı. Evde kimsenin olmadığını düşündüğümden yaklaşık bir saat kadar bahçedeki plastik sandalyede oturup bekledim. Bütün derslerimi pekiyi ile geçmiş olmanın haklı gururu ve bir an önce karnemi hayatımda olan yegâne insanlara göstermenin heyecanı vardı içimde. Henüz altı yaşındayken gülümseyişi çalınmış bir çocuktum. Yüreğimdeki sevincin aslında mutluluk olduğunu anlayabilmeme rağmen bir insanın mutluluğunu nasıl gösterebileceğini bilmiyordum. Nasıl ifade edilebilirdi ki mutluluk? Kahkaha atarak mı? Ya da zincirlerinden sıyrılmış bir yaban canlısı gibi koşup zıplayarak mı? Ne yazık ki buna benzer tepkiler örselenmiş duygularımın arasında yoktu. İçimden geçirdiğim tek şey Harun Amca ve Handan Abla gelir gelmez karnemi onlara verip "Her şey sizin sayenizde, sizi seviyorum" demek ve ellerini ayaklarını öpmek olacaktı. Böylece gösteremediğim mutluluğu, duyduğum minnetimi ve sevgimi onlara sunarak ifade edecektim. Neler söyleyeceğimi kafamda tasarlarken gelmelerini bekliyordum ki hafifçe aralanmış perdenin arkasından birinin beni gözetlediğini fark ettim. Oysa bütün kapı çalmalarım ve saatlerce o kapının önünde bekleyişim evde kimse olmadığının göstergesi değil, bu evde istenmediğimin işaretiymiş. İzlendiğimi anladığımı belli etmemek için bir süre daha bekliyormuş gibi yapmam gerektiğini düşündüm. Yeteri kadar zaman geçince taşımakta zorlandığım valizimden bir kalem çıkarıp karnemin boş kısmına şunları yazdım:

"Hayatın bana pek adil davrandığını söyleyemem. Umarım karnemdeki notlar sizi biraz da olsa memnun edebilir. Keşke sizin için daha fazlasını yapabilseydim... Eve dönmenizi bekledim ancak gelmeyince ayrılmak zorunda kaldım. Yüzünüze karşı teşekkür edemediğim için üzgünüm. Bana sahip çıktığınız için çok teşekkür ederim. Sizi seviyorum. Yaşadığım her şeye rağmen..."

Her acı başka bir duygunun törpüsüdür. İnsan neye karşı bir sevgi ve yakınlık hissediyorsa onun yarattığı hayal kırıklığından sonra o duygusu körelir. Çocukça bir gururla getirdiğim karnemi kapı eşiğine bıraktıktan sonra arkamı dönüp giderken boğazımda kocaman bir yumru olduğunu hissettim. Aslında o kapının önüne karnemle birlikte insanlara olan güvenimi de bırakmıştım... İçimden ağlamak geliyordu. Böyle zamanlarda bütün insanlığa yetecek kadar ağlayabilirdim. Çünkü üzülecek o kadar nedenim vardı ki bazı zamanlar hangisine daha çok ağlamam gerektiğini bilemezdim. Valizimi usulca omzuma asıp birkaç metre yürüdükten sonra durdum ve arkama baktım. Acı tatlı ömrümün birkaç yılını geçirdiğim o iki katlı gecekondunun şampanya rengindeki dış cephesine, orada yaşadığım sürece Handan Abla'nın oturmama izin vermediği küçücük bahçesine son bakışımdı bu. Gidecek yeri olmayan göçmen bir kuş gibi oradan ayrıldığımda hava çoktan kararmaya başlamıştı. Cebimdeki son paramla İstanbul'a döndüm. Otobüsten inince ne yapacağımı bilmeden saatlerce yürüdüm. Fazlasıyla tedirgin olduğum için kalabalık caddelerden yürümeye çalışıyor, mümkün olduğunca kalabalığa karışmaya gayret ediyordum. Vakit gece yarısını geçtiğinde kalabalık iyice çekilmiş, dışarıda benimle birlikte sadece sokak hayvanları kalmıştı. Korkum, dar ve karanlık bir sokak arasındaki otoparka kadar beni götürdü. Ortalarda kimseler görünmüyordu. Gözüme kestirdiğim bir kuytuya sığındım. Kalbim sanki kulağımın hemen altındaymışçasına çarpıyordu, sesini duyabiliyordum. Sıkı sıkıya valizime sarılıp annemi ve babamı düşündüm. Zaman, yorulmak bilmeyen bir neşter gibi her geçen gün anılarımı biraz daha kesip atıyordu. Bazı olaylar her ne kadar kafamın içine çivilenmiş halde dursa da ailemin yüzlerini artık buğulu olarak bile hayal edemiyordum. Yüzleri giderek hafızımdan siliniyordu. Ne yazık ki onlardan geriye bir tek fotoğraf bile yoktu. Kafamın içinden bunlar geçerken oracıkta yorgunluktan sızıp kalmışım. Ne kadar uyuduğumu bilmiyorum. Ayağımda hissettiğim bir hırpalanmayla uyandım. Tam karşımda duran ufacık pencereden içeriye süzülen gün ışığı gözlerimi kamaştırıyordu. Ayağımda giderek artan sarsıntıyla birlikte otoparkın içinde yankılandıktan sonra kulağımda toplanan o kızgın sesi duyunca ayağa fırladım.

"Ne işin var ulan burada? Zıbaracak başka bir yer bulamadın mı?" diye kükrerken bir yandan da ayağımı tekmelemeye devam eden iri bir adam vardı karşımda.

"Özür dilerim, hemen gidiyorum..." dedim.

"Yok öyle hemen gitmek, önce hesap vereceksin" dedi, kolumdan tutup çekiştirerek penceresi olmayan havasız ve karanlık bir odaya götürdü beni. Elinden sıyrılıp kaçmaya çalışsam da başaramadım. Duvardaki prize dokunur dokunmaz tavandan sarkan upuzun bir kablonun ucunda minicik bir ampul parlayıverdi. Bir an annemin tavandan sarkan cansız bedeni belirdi gözlerimin önünde, irkildim. Yüzündeki sakalın yoğunluğundan yalnızca gözlerini görebildiğim bu korkunç adamı tepeden tırnağa süzerken masanın üzerinde duran telefonun ahizesini kaldırıp bir numara çevirdi ve kulağına götürdü. Aradığı kişiye bir süre benden bahsetti. Konuşmasının büyük bir kısmında "Tamam beyefendi, başüstüne efendim, hayhay efendim..." gibi nezaket ve saygı içeren cevaplar verse de yüzündeki ifadenin başka bir duyguya ait olduğunu biliyordum. Korku... Nasıl olur da bir ayağının büyüklüğü bile neredeyse kavalkemiğim kadar olan bu devasa adamın korktuğu biri olabilir diye düşündüm. Telefonu kapatır kapatmaz bu ofisten bozma odadan çıktı ve kapıyı üzerime kilitledi. Ne kadar bağırıp çağırdıysam da tesiri olmadı. Çok geçmeden kapıda dönen anahtarın gıcırtısını işittim ve o tarafa doğru yöneldim. İri gövdeli adam kapıyı duvara yaslayıp açtığı gibi kendini geriye doğru çekti. İçeriye daha kısa boylu, posbıyıklı, parlak siyah ayakkabıları ve lacivert takım elbisesi olan ikinci bir adam girdi. Diğerine nazaran daha insani görünüyordu. Yanında duran tabureyi ayağıyla sürükleyip tam karşıma oturduktan sonra eliyle benim de oturmamı işaret etti. Sessizce söylediğini yaptım.

"Arabaları kontrol ettin mi Nizam? Herhangi bir sorun var mı?" diye sordu iri adama.

"Hepsine baktım efendim, hiçbirinde sorun yok" cevabını alır almaz rahatlamış bir şekilde yönünü bana çevirdi. Ceketinin içcebinden çıkardığı işlemeli tabakanın kapağını açtı ve bir sigara çekip yaktı. Derince bir nefes çektikten sonra salıverdiği yoğun dumanın tavanda dağılışını izledim. Siyah kundurasının tabanını birkaç kere yere vurduktan sonra ifadesiz yüzünü tuhaf bir tebessüm kapladı. Bu, hiç de insanı rahatlatan cinsten bir tebessüm değildi. Sonra posbıyığı dudaklarıyla birlikte hareket etti.

"Anlat bakalım delikanlı... Kimsin, necisin, burada ne işin var?" diye sordu gergin bir ses tonuyla.

"Benim adım Metin. Gidecek bir yerim olmadığından dün gece burada uyudum" dedim.

"Ulan serseri! Otel mi yazıyor kapıda? Koskocaman şehirde uyuyacak yer mi yok? Bula bula burayı mı buldun?"

"Yok... Buranın otel olmadığını biliyorum zaten. Otele gidecek param olmadığından buraya girdim" diye cevap verirken yerinden kalkıp yanıma doğru yaklaştı. Sağ elini omzuma attı. Omzumdaki sanki bir el değil de yüzlerce ton basınçla çalışan bir mengeneydi. Canım yandıkça aşağı doğru çöküyordum ve yüzüm iyice yere yapışana dek bastırdı. Diğer eliyle de durmaksızın rasgele bana vurmaya devam ediyordu. Bir süre sonra duraksadı. Saçları dağılmış, gözbebeği öfkeden kocaman olmuştu. Vurmaktan iyice yorulmuş, nefes nefese kalmış, dudağının kenarından salyaları akmıştı. Ne yapacağı belirsiz, hırlayan bir köpeği andırıyordu.

"Bak çocuk..." dedi yine aynı tonla ve devam etti. "Seni buraya biri mi gönderdi? Yoksa hırsız falan mısın oğlum sen? Allah'ıma kitabıma senin kafanı yerinden koparırım. Şimdi bana doğruyu söyle!"

"Zaten doğruyu söylüyorum, yalan söylemem ben!" diye cevap verdim.

"Şuraya otur bakalım..." deyip elini omuz çukurumdan çekti. Sanki az önce narkoz yedikten sonra bir uzvumu kaybetmiş gibiydim. Omzumdaki ağrıyı duymama rağmen kolumu hissetmiyordum... Biraz sonra başıma fena bir iş geleceğini düşünerek bir avuç misketle başlayıp bu metruk otoparka kadar geçen acınası serüvenimi olduğu gibi anlattım. Pür dikkat beni dinlerken zaman zaman suratı ekşiyordu. Anlattıklarımdan etkilenmiş ve bana inanmış gibi görünmesi içimi rahatlatmaya yetmemişti. Birkaç saatlik konuşmanın sonunda nihayet söylediklerimin doğru olduğuna onu inandırabilmiştim. Yaşımı sordu, on yediyi yeni geçtiğimi söyledim. Tabakasından bir sigara daha çıkarırken konuşmasına devam ediyordu.

"Demek on bir yıldır tek başınasın öyle mi? Vay be... Oğlum sen bu yükü nasıl taşıdın bu kadar? Üstelik hâlâ okuma peşindesin. Helal olsun sana..." dedi.

O saniye Harun Amca'nın nasihati kafamın içinde yeniden yankılandı ve cevap verdim. "Benim bir amacım var. Bu yüzden okumam gerekiyor, başka çarem yok..." dedim.

"Söyle bakalım, neymiş o kutsal amacın?" dedi.

"Kerim..." dedim... "Ona yaptığının bedelini ödetmek istiyorum. Bu yüzden okuyup güçlü bir adam olmam lazım. Tek amacım bu."

"Bak hele..." diye başlayan alaycı sözlerine, "Hâkim, savcı falan olmak istiyorsun o zaman..." diye devam ederek kendince bir çıkarımda bulundu.

"Hayır..." dedim. "Bunu yapabilmem için hâkim olmama gerek yok. Saygın, itibarlı biri olsam yeter. Çünkü hiç kimse karşısındaki insanın kalp güzelliğine göre ona hürmet etmiyor. Paran varsa saygı görüyorsun, nüfuzlu biriysen söylediklerine itibar ediliyor. Bu yüzden güçlü olmak istiyorum sadece. Hakkım olana sahip çıkmak istiyorum. Güçlülerin karşısında dimdik durabilmek istiyorum" dedim. Parmaklarının arasında iyice küçülen sigarasından bir nefes daha çekip yere attı ve yanmakta olan izmariti parlak ayakkabısının ucuyla ezerken konuşmasını sürdürdü.

"Seni velet... Her şeye de bir cevabın var. Biliyor musun, senin canını yakmayacağım. Anlattığın masala da inanmış gibi yapacağım. Hatta sana bir de teklifte bulunacağım..." dedi. Bu sözlerin ardından kanayan burnumda da patlayan dudağımda da zerre kadar acı kalmamıştı. Konuşmanın sonunda kimsenin olmadığı zamanlarda otoparka göz kulak olmam karşılığında burada kalabileceğimi söyledi. Böylece Nizam'ın dışarıda halletmesi gereken işler olduğunda bu ürkütücü otopark sahipsiz kalmayacaktı. Gidecek daha iyi bir yerim olmadığından kabul etmekten başka bir seçeneğim yoktu. Ona Sarraf diye hitap etmemi söyleyip yerine getirmem gereken sorumluluklardan bahsetti. Herhangi bir sorun olduğunda mutlaka Nizam'a söylememi tembihledi.

Yapmam gereken tek şey otoparka kimsenin girmediğinden emin olmaktı. Böyle bir yere insan neden girsin ki diye geçirdim içimden. Ama benim için hava hoştu. Çünkü çocuk oyuncağı sayılacak kadar kolay bir işti bu. Üstelik böylece hem kalacak bir yerim hem de harçlığımı çıkarabileceğim bir işim olmuştu. Mutluluğu o kadar kalpten hissettiğim başka bir anı hiç hatırlamıyordum...

Orada kalmaya başladığım ilk zamanlar Nizam'ın gözü sürekli üzerimdeydi. Otoparkın içinde on yedi araç vardı. Buraya yerleşeli iki ayı geçmesine karşın araçların hiçbirinin bir kez bile yerinden kımıldadığına şahit olmamıştım. Zaman zaman birileri başka araçlarla geliyor, otoparktaki diğer araçlara baktıktan sonra geldikleri gibi dönüyorlardı. Bu durum her ne kadar tuhafıma gitse de onların işine burnumu sokmaya cesaret edemiyordum. Sarraf'ı çok nadir görürdüm. Yine öyle nadir de olsa karşılaştığımız zamanların birinde otoparka geldi. Hemen ardından son model, simsiyah bir araç yaklaştı. Alelacele araçtan fırlayan şoför arka kapıyı açtığında hayli göbekli, kalın dudaklarının üzerindeki incecik bıyıklarıyla homurdanarak inen suratsız adam Sarraf'ın ofisine girdi. Çok geçmeden beni de çağırdılar. Yeni gelen suratsız adamı "Tacir" ismiyle tanıttılar bana, buraya sık sık geleceğini, ona her konuda yardımcı olmamı söylediler. Sarraf beni her zaman kollardı, iyi okullarda okumamı sağladı, harçlıksız bırakmadı. Ancak işlerin nasıl yürüdüğü konusunda pek bir şey söylemezdi. Bana verilen görevi layığıyla yapmamdan başka bir beklentisi de yoktu... "Herkes kendi yolunun kahramanıdır. Bu yüzden herkes kendi yoluna yakışır. Sen okumana bak..." derdi.

Tacir, son zamanlarda otoparka çok sık gelmeye başlamıştı. Otoparktaki bir araçta biraz vakit geçirip yüzüme bile bakmadan giderdi. Beraberinde getirdiği adamlara sürekli hakaretler yağdıran, ufacık bahanelerle şoförünü tartaklayan merhametsiz bir canavardı. Zamanla onunla olan diyaloğumuz daha da gelişiyor, benimle sohbet edecek bahaneler buluyordu. Hayatının her anı lüks ve şatafat içinde geçen bir adamın kendi içinde nasıl büyük bir yalnızlıkla yaşadığını gözlerinin içinde görebiliyordum. Nasıl ki benim okumaktan başka bir çıkışım yoksa onun da zengin kalmaktan başka çaresi yoktu. Çünkü ilk tökezlemesinde yanında kimseciklerin kalmayacağını, herkesin onu terk edeceğini biliyordu. Etrafındaki insanların, hatta ailesinin bile yalnızca şahsi çıkarları uğruna onun yanında olduğundan bahsettiği bile olmuştu. Kimsesiz kalmaktan ödü kopuyor, ancak içini dökebilecek kimsesi olmadığını da biliyordu. İşte üç yıldır işlerin nasıl yürüdüğünü anlayamadığım otoparkın karanlık sırrını Tacir'in bana anlatmasına neden olan da bu duygusu olmuştu... Yine otoparka geldiği günlerden biriydi. Arabasından iner inmez, yakaladığı avını afiyetle yedikten sonra güneşe karşı genleşen bir aslan gibi kollarını iki yana açıp iyice gerindi. Şoförünün bagajdan çıkarıp özenle tuttuğu çantayı alırken diğer eliyle yanına gitmemi işaret etti. Birlikte otoparkta duran kendisine ait araca doğru yürürken "İşleri artık öğrendin mi delikanlı?" diye sordu. Araçlara göz kulak olmanın basit bir iş olduğunu söyleyince bir anda kahkahaya boğuldu. Gülerken kendinden bir adım önde duran göbeği zıplıyor, kemerine sıkıştırdığı gömleği sıyrılıyordu. O an kendisini görse güldüğü şeyden daha komik olduğunu fark edeceğine emindim ama bundan söz etmedim bile.

"Niye bu kadar komik geldiğini anlayamadım doğrusu..." dedim.

"Bak oğlum" dedi. "Ne zamandır buradasın ama hâlâ ne halt ettiğini bilmiyorsun bile."

"Ne halt ediyormuşum?"

"Burada kaç araç var, söyle bakalım?" sorusuna, on yedi tane diye cevap verdim.

"Güzel..." dedi. "Ama on yedi araçtan fazlası var burada. Kendini araç bekçisi olarak görüp küçümseme."

"Nasıl yani?"

"Buradaki on yedi araç, İstanbul'da farklı işler yapan on yedi adamı temsil eder. Burası bir otoparktan daha fazlası delikanlı! Burası, işte bu on yedi adamın zulası. Kendileri için çok kıymetli şeyleri burada saklarlar. Kimin ne sakladığını kendinden başkası bilmez" dedi.

"Sarraf da mı bilmez?" diye sordum.

"Sarraf da bilmez" dedi. "Ona neden Sarraf deniyor sanıyorsun ha? Her işin kıymetini o bilir, teminatını o verir. Sarraf diğer işadamlarına güvence verir, yaptığı işin kıymetini belirler ve ona göre karşılığını alır. Kimin arabasında ne olduğuyla ilgilenmez. Burada çok güçlü adamların hayatı var. Bankada, evde ya da bir kasada bile saklamanın tehlikeli olduğu kıymetli şeyler var. Bizim için Sarraf'tan daha güvenli bir yer yok. Çünkü Sarraf'tan daha büyük bir balık yoktur. O bir şeye teminat veriyorsa sözünün arkasında mutlaka durur. Herhangi birinin zulası zarar görürse Sarraf o mağduriyeti giderir..." Burayı değil de sanki başka bir gezegeni anlatıyordu ve Sarraf'tan da o gezegenin ilahıymış gibi bahsediyordu. O anlatırken Sarraf'ı aslında hiç tanımadığımı fark ettim.

"O kadar önemli şeyleri neden böyle metruk bir yerde saklıyorsunuz ki?" diye sorduğumda kendinden emin bir şekilde kilodan iyice yumuk yumuk olan gözlerini daha da kısarak cevap verdi.

"Birkaç külüstür arabanın olduğu bir yer kimsenin ilgisini çekmez de ondan! Bir şeye karşı ne kadar önlem almaya çalışırsan o kadar ön plana çıkarırsın onu. Belki ufak tefek araba parçası hırsızlarına cazip gelebilir burası. Ama Nizam buradayken o çapsızlar da gelmeye cesaret edemez... Aklında olsun çocuk, yeryüzünde ters düşmek isteyeceğin en son insandır Nizam. Yapabileceklerini hayal bile edemezsin. Bir tek Sarraf'tan çekinir. Onun dışındaki hiç kimse Nizam'ı durduramaz. Ne parayla ne silahla. Neden biliyor musun?" diye sorduktan sonra "Neden?" diye sormama fırsat vermeden devam etti. "Çünkü Nizam'a yeryüzünde kıymet veren, onu insan yerine koyan ilk kişi Sarraf'tır. Sonradan değer veren kimsenin de önemi olmadı. Yani Nizam'ın Sarraf'tan başka kaybedeceği bir şey yok. Kimsenin anlayamayacağı bir şekilde bağlıdır ona. Kaybedecek bir şeyi olmayan biriyle rüyanda bile karşılaşmaya cesaret etme çocuk..." dedi çantasından çıkardığı siyah torbayı arabanın bagajına koyarken. Bagajda duran ve başkalarına ait olduğunu anladığım onlarca pasaporttan birini alıp cebinden çıkardığı çakmakla tutuştururken "Artık buna ihtiyacımız kalmadı..." diyerek sırıtıyordu. Pasaportları görünce ona neden Tacir dediklerini anlamaya başlamıştım... Bu mide bulandırıcı sırıtış çocukluğumun en karanlık yerlerinden o kadar tanıdık geliyordu ki anlatamam... Beni hırpaladığı zamanlarda acı çekişimi izlerken Kerim de böyle sırıtırdı. Babamın cenazesinde bile o pis tavrın yine yüzünde olduğunu anımsıyorum...

Hayatımın belli bir kısmı ne iş yaptığını bile bilmediğim karanlık adamlara yârenlik ederek geçiyordu. İstanbul'a geldikten sonra geçirdiğim her an ayrı bir kâbusa dönüşmüş olsa da amacımdan hiç sapmamıştım. Belki de bu süreç içinde şanslıyım diyebileceğim tek olay Sarraf'la ilk karşılaşmamızda yediğim o dayaktı. Hatta kaderimin kırılma noktasıydı bile diyebilirim. İyi iletişim kurmayı becerebilen biri olmadığımdan otopark dışında pek sevilen biri değildim. Bu nedenle karşılaştığım güçlüklerde önümü açan her defasında Sarraf oldu. Hatta bir keresinde Kerim'i köyden ayağıma getirtmeyi bile teklif etmişti. Ancak benim gayem Kerim'i orman kanunlarına göre cezalandırmak ya da onu ezmek değildi. İşlediği günahın bedelini hak ettiği şekilde ödemesinden başka bir şey istemiyordum. Bunu yapabilmem için Sarraf'tan çok daha büyük bir iyilik istemiştim... Geçmişte yaşananlar belki Kerim'in hafızasında hiç kalmamıştı bile ama bana sabır veren, yaşama arzusuyla beni hayatta tutan ilahi bir güçten çok daha ötesiydi. Bu ilahi düzenin fark edilmese de muazzam bir işleyişi olduğunu biliyordum. Var olan her şeyin birleşmeye ihtiyacı vardı sadece. Bütün taşlar yerine oturunca ortaya harika bir tablonun çıkacağına yürekten inanıyordum. O güzel günler yakındı ve bunu bütün kalbimle hissedebiliyordum...

2006 yılında hayatımda gördüğüm en soğuk kışla tanışmıştım. Tabiat, insanoğluna gözdağı vermek isteseydi eminim bundan daha büyük bir tehdit olamazdı. Uzun süre sokakta kalmanın intihar sayılabileceği günler geçiriyorduk. Donarak ölmeyi planlayan biri için o kış gayet elverişliydi. Evet... Eğer beş yıl önce sığındığım otoparkta Sarraf bana sahip çıkmasaydı hikâyemin kaçınılmaz sonu böyle bitebilirdi. İp üstündeki acemi bir cambazın yolculuğuna benzeyen hayatım, o günden sonra bana karşı cömert olmaya başlamıştı. Geçen zamanın bana sunduğu en büyük armağansa İstanbul Üniversitesi Denizcilik Fakültesi'ni kazanmam oldu. Hatta üniversiteyi bitirmeme iki yıldan daha az bir süre kalmışken özel bir denizcilik şirketinde ücretli olarak staja başlamıştım. Bu sayede kendi kazandığım parayla tuttuğum bir odada yaşıyordum. Sarraf kalp krizi geçirip öldüğünde işte o soğuk kış günlerinden biriydi. Çok kalabalık bir cenazesi olmasa da saygın insanların ve gazetecilerin katılımıyla oldukça ses getirmişti. Onca üzgün yüz gördüm o gün ama hiçbiri Nizam'ın suratındaki hüzün kadar gerçek değildi. Bu duyguyu bir ciğer yarası olarak yıllarca içimde taşıdığım baba eksikliğinden tanıyabiliyordum. Daha sonra otoparkın işleyiş şekli bozulmaya başladı. Önce içerideki on yedi aracın güvenliği sarsıldı, sonra da diğer büyük balıklar birbirini yutmaya çalıştı. Ardından da polis baskınlarını tutuklamalar izledi. Nizam'ı da Sarraf'ın cenazesinden sonra bir daha hiç görmedim. Böylece hayatımda kimsenin omzu olmadan ayakta durmam gereken yeni bir sayfa açılmış oldu...

Okul biter bitmez staj gördüğüm şirkette işe başladım. Geçirdiğim kötü günler her ne kadar geride kalmış gibi görünse de işin aslı öyle değildi. İhtişamlı görüntüsüne karşın içten çürüyen ve hatta içinde kocaman bir oyukla ayakta durmaya çalışan bir ağaçtan farksızdım halbuki. Çünkü değişen şartlar yüreğimdeki yangına bir damla su olmaya bile yetmiyordu. Ama her şey bundan sonra çok daha farklı olacaktı. Çocukluğumda düşmeye başladığım o dipsiz kara deliğin sonuna geldiğimi hissedebiliyordum nihayet. Tırnaklarımla kazıyarak kazandıklarım geçmişimle yüzleşme vaktinin geldiğini gösteriyordu. Artık doğduğum köye dönüp geçmişte yapılan bazı hataların düzelmesini sağlamalıydım. Tam yirmi yedi yıldır bu an için bekledim. Koskoca yirmi yedi yılımı bugünlerde vereceğim savaşa kendimi hazırlayarak geçirdim. Nihayet Kerim'le yüzleşmenin vakti gelmişti. Böylece yirmi yedi yıldır bir an bile bana huzur vermeyen bu vicdan azabına son verebileceğimi sanıyordum...

"Zaman çok şey öğretiyor insana...
Gün geliyor, yanlış insanlara kıymet verdiğini öğreniyorsun.
Gün geliyor, bazı şeylere boşu boşuna üzüldüğünü...
Zamanla herkese değer verilmeyeceğini ve bazı şeylere
üzülmemen gerektiğini öğreniyorsun sonra.
Bir bakıyorsun ki seni acıtan onca yara çoktan kapanmış...
Çünkü alışmayı ve kabullenmeyi öğrendiğinde
kendine değer vermeye başlıyorsun.
Kendine değer verince iyileşmeye ruhundan başlıyorsun..."

III. Bölüm

Saatler süren yolculuğun ardından hafif fren sarsıntıları yüzünden gözlerimi açtım. Yolculuğun nihayet sona erdiğini belirten anons kalbimde tuhaf bir kıpırtıya sebep olmuştu. Bu kıpırtının adı heyecan mı, korku mu, yoksa başka bir şey mi bilmiyorum... Doğduğum, çocukluğumu geçirdiğim topraklara ilk kez dönmüştüm ve tek bildiğim buydu. Otobüsten iner inmez göğsüm doluncaya dek derin bir nefes çektim. Uzaklarda görülen dağlara bakarak yürüdüm. Her ne kadar bahar gelmiş sayılsa da bazı dağların zirvesi tıpkı kalbim gibi karlıydı. Otogarın dışına çıktığımda yol kenarına sıralanmış taksi kuyruğunun başına kadar yürüyüp en öndeki araca bindim. Direksiyon başında genç biri oturuyordu. Nereye gideceğimizi sordu. Köyün adını söyledim, o tarafa doğru hareket ettik. Kafamın içinden geçen düşüncelere yetişemiyordum. Bir müddet sonra daldığım düşüncelerden genç şoförün seslenmesiyle sıyrıldım.

Acaba sigara içse benim için sorun olur muymuş, eğer sorun olursa içmese de önemli değilmiş... Sorun olmayacağını söyledim ve yaşını sordum.

"On sekiz yaşındayım" dedi.

"Düşündüğümden daha büyükmüşsün. Ehliyetin var mı bari?"

"İki ay oldu alalı. Merak etme ağabey, ehliyet yeni ama ben on beş yaşından beri taksiye çıkıyorum. Allah uzun ömür versin, babam altmış yedi yaşında. Haliyle bir sürü hastalığı da var. Gözleri de pek iyi görmüyor artık. Babam çalışamadığında ben çıkardım işe. Ehliyeti aldığımdan beri hep çalışıyorum."

"Okuyor musun peki?"

"Geçen sene liseyi bitirdim ağabey."

"Üniversiteye gitmeyi düşünmüyor musun?"

"Yok be ağabey... Bundan sonrası bize zor artık. Hem herkes okuyacak diye bir şey yok. Birileri bu işleri yapmak zorunda. Zaten iki kardeşiz, ablamın da neredeyse benimle yaşıt çocuğu var. Herkes kendi hayatının mücadelesini veriyor anlayacağın... Annemle babama benden başka bakacak kimse yok. O yüzden benim için okuma işi geçen sene bitti..."

"Anladım kardeşim, bahtın açık olsun o zaman..." dedim, bir müddet sessizlik oldu aramızda. Asfalt yoldan çıktıktan sonra dağın gövdesine uzanmış bir yılan gibi kıvrılan toprak yolu tırmalayarak ilerliyorduk. Kalbimin daha sık attığını hissedebiliyordum, boğazımdaki yumru giderek büyüyordu.

"Bak ağabey!" dedi çocuk işaretparmağını ileriye doğru uzatarak. "Bak, şu karşıki minare var ya, işte orası gideceğimiz yer. Az kaldı" dedi. Herhangi bir şey söylemedim. En ufak hücrelerime kadar işlemiş öfkem olmasaydı, oracıkta heyecandan ölebilirdim. Bunca yıl bugünü beklemiştim. Bazı insanları sahip olduğu değerler ayakta tutar, bazılarınıysa kaybedecek bir şeyinin kalmaması... Ben bir şeye sahip olanlardan değilim. Çünkü çocukluğum dahil her şeyimi otuz yıla yakın bir zaman önce bu köyde kaybetmiştim...

Zihnimi biraz rahatlamak için gömleğimin yakasından bir düğmeyi daha çözüp yanımdaki camı açtım. Yolun her iki yanını saran sapsarı zifinlerin buram buram kokusunu alabiliyordum. Unuttuğumu sandığım bu küçücük detay beni çocukluğuma götürüyordu. Anımsadığım ama tanıyamadığım bir koku daha vardı. Aile kokusu...

Bir saatlik yolculuğun ardından nihayet köye ulaştık... Alt katı kahvehane olan iki katlı bir binanın önünde durduk. Araçtan inerken her ihtimale karşı taksici çocuğun kartını almıştım, doğruca kahveye yöneldim. Çay içen birkaç ihtiyardan başka kimse yoktu.

"Selamünaleyküm ağalar" diyerek içeri girdim. Hep bir ağızdan "Aleykümselam..." diye mırıldandılar.

"Manifaturacı Remzi'ye bakıyorum, burada mı acaba?" diye sordum. Beni baştan aşağı iyice süzdükten sonra içlerinden gözlüklü ve kel olan ihtiyar cevap verdi. Gözlüğünün üzerinden fırlayan kısık bakışlarından meraklandığı anlaşılıyordu.

"Hayırdır oğlum, ne yapacaktın Remzi'yi?" diye sordu.

"Ben İstanbul'dan geliyorum bey amca. Remzi Amca'nın da bugün geleceğimden haberi vardı."

"Remzi manifatura işini bırakalı yıllar oldu be oğlum. Hay Allah, demek Remzi'nin misafirisin? Dur bakalım, haber edelim de gelsin" dedi, kapıya çıkıp yanına çağırdığı küçük bir çocukla haber gönderdi aradığım adama. Sonra tekrar içeri döndü ve birlikte bir masaya oturduk. Ocağa doğru "Bize iki çay ver oğlum" diye seslendi. Çok geçmeden uzun boylu, gür bıyıklı, esmer tenli bir adam selam vererek yaklaştı. Bu adam yolunu beklediğimiz Remzi'den başkası değildi. Ayağa kalkmama fırsat vermeden "Metin'im benim, hoş geldin oğlum!" diyerek boynuma sarıldı. Hiç alışkın olmadığım kadar içten bir sarılıştı bu... Yerimize oturur oturmaz gözlüklü ihtiyar meraklı bakışlarla sordu...

"Kim bu delikanlı Remzi? Tanıyamadım ben" dedi.

"Tanıyorsun muhtar! Bu bizim rahmetli Selim'in oğlu Metin..."

Bu cevabı duyunca gözlüklü ihtiyarın altdudağı dişlerinin arasına kıvrıldı, al yanakları karlı dağların zirveleri gibi bembeyaz kesildi. Bir put kadar hareketsizleşen vücudunun aksine gözleri yaşlarla doluyordu.

"Demek Metin'sin ha?" dedi.

"Evet" dedim.

Sitemle "Alacağın olsun Remzi!" dedi muhtar. "Neden onunla görüştüğünü bana söylemedin? Onca zaman onu bulmaya çalıştığımızı biliyorsun! Gel bir sarılayım sana delikanlı" dedi ve yerimizden kalkıp kucaklaştık.

"Remzi Amca'ya benden kimseye bahsetmemesini özellikle istedim" dedim. "Hem neden bulmaya çalıştınız ki beni?" diye sordum tekrar otururken.

"Nasıl aramayalım evladım? Harun seni buradan götürürken ilçeye kadar ben de geldim sizinle. Sen çok küçüktün bilmezsin, o zamanlar muhtar bendim. Siz gittikten sonra çok pişman oldum otuz hanelik köy bir çocuğa bakamıyor muydu, niye gönderdik diye... Sonra depremde Harunların öldüğünü işittik. Senden haber alamayınca daha da kahrolduk. Seni bulmaya çalıştık ama gücümüz yetmedi. Hakkını helal et evladım" dedi mahcubiyetle.

"Buradan gittiğim günü anımsıyorum. Hem isabet olmuş beni bulamamanız. Annesini ve babasını kaybetmiş bir çocuk hiçbir yere sığamıyor muhtar amca. Yaşı kaç olursa olsun her yere fazla geliyor. O yüzden üzülme, olması gereken olmuş. Sizler nasılsınız bakalım?" dedim, böylece derin bir sohbetin içine düştük...

Üzerinden çay bardaklarının eksik olmadığı tahta masanın başında birkaç saat sürdü konuşmamız.

Başıma gelenleri hiç derine inmeden, geçiştirerek anlattım. Hayatım boyunca beni gördüğüne mutlu olan birileriyle ilk kez karşılaşıyordum. Bu durumu yadırgadığımı söylesem yalan olmaz. Çünkü benim de görmekten mutluluk duyduğum birilerinin olduğunu söyleyemem doğrusu.

Bu iki ihtiyarın hatırladığı kadarıyla buradan giden talihsiz ve yapayalnız bir çocuktan başka bir şey değildim. Bakışlarındaki merhametten ve ses tonlarındaki acıma duygusundan anlayabiliyordum bunu. Oysa geriye dönen kalbi kırık bir çocuktan çok daha fazlasıydı. Öğreneceklerdi...

Yıllar önce Sarraf'tan istediğim iyiliklerden biri köyle bağlantımızı sağlayacak güvenilir bir dost bulmasıydı. Sarraf'ın öğrendiğine göre babamın manifaturacı Remzi'yle arası hayli iyiymiş o zamanlar. Ben her ne kadar hatırlamasam da babamın kaybına en çok üzülenlerden biri de o olmuş. Remzi'yle bağlantı kurduktan sonra her şey daha da kolay bir hal almıştı. Kerim'i şımarık büyüten, koruyup kollayan varlıklı köy ağası Reşit'in konağında yirmi yıl önce çıkan yangınla birlikte her şeyini kaybettiğini de ondan öğrenmiştik. Reşit Ağa Kerim'in büyükbabası olurmuş. Koca köyü kendine senetlerle borçlandıran haramzadenin tekiymiş. Konakla birlikte bütün alacakları da yanıp kül olmuş. Ödeyemedikleri banka kredileri yüzünden malvarlıklarının büyük bir kısmını gelen hacizlerle yitirmişler. Olanlara dayanamayan Reşit Ağa'ya önce inme inmiş, yıllarca süründükten sonra da acılar içinde can vermiş... Kerim'in babası Cemil köyden kaçıp gittiğinde ben daha dünyada bile yokmuşum. Kerim de bir gün babasının geri geleceği hayaliyle bekleyip duruyormuş. Bütün bunlar yaşanırken Kerim'in anlaşmazlıklarla devam eden bir de evliliği varmış. Son zamanlarda artan alkol düşkünlüğü yüzünden her gece tatsızlık çıkarıyor, hatta karısı Meryem'i yerlerde sürükleyerek ahıra götürüp bağladığı bile oluyormuş. Çoğu zaman köylü araya girse de bir yerden sonra onların da eli kolu bağlanıyormuş. Bir zaman sonra Meryem'in dört yaşındaki çocuğunu da arkasında bırakıp kasabada bir hükümet memuruyla gizlice kaçtığı söylentisi çıkmış. Ama bunu kimse teyit edememiş, sonra da öyle kabullenilmiş, olay da unutulup gitmiş zamanla... Bir çocukla yapayalnız kalan Kerim daha fazla dayanamayıp çocuğunu yetiştirme yurduna vermiş. Zamanla elinde kalan toprakları paraya çevirip işlerini toparlamayı başarmış. Tekrar evlenmiş ama yeniden baba olamamış. Sonradan duyduğu pişmanlıkla devlete verdiği çocuğunu bulmak için çok çabalamış ama hiçbir sonuç alamamış...

Buraya gelmeden önce Remzi'den öğrendiğim en kıymetli bilgiler bunlardı... Bir an önce kalkıp çocukluğumu geçirdiğim evi görmek, annemin ve babamın mezarına gidip hasret gidermek istiyordum. Fakat bir yabancıyla konuşmaya özlem duyan bu iki ihtiyarın muhabbeti bitecek gibi görünmüyordu.

"Remzi Amca..." dedim. "Beni babamın mezarına götürür müsün şimdi? Oradan da eve geçeriz olur mu? Çok merak ediyorum hepsini, bir an evvel görmek istiyorum."

"Kalk ulan Remzi, amma da çenen düştü! Nereye isterse götür misafirimizi" diyerek çıkıştı eski muhtar.

Kahvehaneden çıktığımızda yüzüme vuran miskin gün ışığını hissediyordum. Dağınık yerleşmiş birkaç evin arasından geçtikten sonra Remzi Amca duraklayıp işaretparmağını sol tarafına doğru uzattı. "Bak Metin'im..." dedi. "Şu en ötede tek duran ahşap evi görüyor musun? Çatısı kiremit olan..." Gördüğümü onaylayarak başımı salladım. "Hah işte!" dedi. "Orası senin evin..."

Bu cümle hayatım boyunca hissettiğim bir yere ait olamama duygusunun tadını çalmıştı damağıma. "Senin evin..." Ömrünün hiçbir anında hiçbir şeye sahip olamadığını düşünen biri için ağır sayılacak bir cümleydi bu. Bana ait olan ama hiçbir zaman ait olamadığım bir ev... Yüz metre kadar ötemizde görünse de bir daha asla ulaşamayacağım kadar uzak olan çocukluğum kokuyordu orası. Birkaç dakika yürüdükten sonra köyün hemen bitimindeki mezarlığa ulaştık. Normal şartlarda kederli bir insanın yüreğinde hissettiği duygu acıdan başka bir şey değildir. Ama o an yüreğimde beni yaralayacak kadar hüzün, kalbimi hızlıca çarptıracak kadar heyecan ve neredeyse bir ömür kadar uzun süren ayrılığın ardından ait olduğum yere kavuşmanın mutluluğunu yaşıyordum. Remzi Amca eliyle az ötede duran ahşap şahideli mezarları işaret etti. Oraya doğru yöneldiğimde tıpkı sudan henüz çıkmış bir balığın açılıp kapanan solungaçları gibi kalbim tam boynumun altında atıyordu. Ağlamamak için gözyaşlarımı güçlükle zapt ediyor, dişlerimi sıkarken titreyen dudaklarımı ısırıyordum. Yıllar sonra annemin ve babamın yokluğuna alıştığımı düşünmem aptalca bir kandırmacadan ibaretmiş meğer... Remzi Amca, ailemle beni baş başa bırakıp yürüyerek uzaklaştı. Babamın ayakucuna kadar gelmiştim ki kendimi daha fazla tutamadım. Yanaklarımdan akıp çene ucumda birleşen, sonra da bozuk bir musluk gibi damlayan gözyaşlarımı hissediyordum. Öylece baktım... Yüzlerini unuttuğum ama eksikliğini bir an bile unutamadığım ailemin mezarlarına içimden dualar ederek baktım. Ruhumun derinliklerine kadar hissedebildiğim bu kahreden duyguyu izah edebilmem mümkün değil. Kocaman bir çapayı yutmuş gibi hissediyordum. Kursağıma saplanıp kalan şeyler vardı... Daha önce de dediğim gibi, yirmi yedi yıllık bir ayrılığın sonundaki kavuşma sahnesiydi bu. Kavuşma deyince akla ilk gelen sarılmak olurdu herhalde. Çünkü kavuşmak, zamanın yıpratıcılığına rağmen hâlâ ilk günün heyecanıyla bir araya gelebilmektir. Gözlerinin içine bakarak "Nerede kaldın, çok özledim seni..." diyebilmektir kavuşmak... Ben kimseye sarılamadım, kimsenin gözlerinin içine bakarak "Çok özledim seni" diyemedim. Üzerini kaplayan eğrelti ve ısırgan otlarıyla kimsesizliğini haykıran bir çift mezara dolgun gözlerle bakarak yetindim. Konduğu çiçeği incitmekten korkan bir kelebeğin sessizliğiyle ikisinin arasına çöküp onlarla bu defa yetişkin bir insan olarak konuştum. Önce babamla...

"Seni nasıl özlediğimi anlatamam. Ne olur içimden geçenleri hisset... Yalnızca iki dakika sarılabilmek için neleri feda etmezdim... Sana olan muhtaçlığımı, sana olan mecburiyetimi acıtarak öğretti yokluğun. İnsan bazı şeylerle nasıl mücadele edeceğini bilemiyor. Sen, yerine hiçbir şeyi koymayı beceremediğim o derin boşluksun içimde...

Parmak uçlarından tutup yürümek istiyorum bazı zamanlar. Çünkü sen yanımda olursan korkmazdım karanlıktan, kaçmazdım sonunda öleceğimi bildiğim savaşlardan! Ne kadar güçsüz ve âciz olduğumu düşünme sakın. Söylemesi kadar kolay değil bütün bunlara sensiz katlanmak. Çeyrek asırlık pişmanlıklar var omzumda, geriye döndürmek istediğim zamanlar var... Adının geçtiği cümlelerde boğazımda körelen düğümler var. Oysa daha çok zaman geçirebilirdim seninle, göğe uçurtmalar salıp koşabilirdim peşinden. Seninle birlikte yapabilecekken mahrum kaldığım şeyleri anlatmakla bitiremem... Kursağım hayal kırıklığı dolu bir heybe sanki ama artık geçmiyor boğazımdan yıkılan düşlerim. Bütün bunları ayrı birer yara olarak taşıyacağım kalbimde ama hepsinden ayrı ayrı bahsetmeyeceğim sana. Bu ilk ve son çaresiz görüşündür beni. Söz veriyorum ki tekrarı olmayacak asla.

Bu defalık görmezden gel lütfen! Gocunmam buna, incinmem. Biliyorsun ki görmezden gelinmeye alışığım ben...

İçime attığım kar taneleri kadar küçük şeylerin zamanla önünde durulmaz bir çığa dönüşebileceğini öğrendim. Oysa bir dağın zirvesine düşen ufacık kar taneleri gibiydi hepsi... Zamanla yuvarlanıp döndüler içimde, büyüdüler ve kocaman bir çığa dönüştüler.

Meğer her şeyi içine atmak bir felaketmiş...

Çünkü içine attıklarının altında ezilir, yorulurmuş insan.

Sen benim içime attığım her şeysin. Çocukluğum, gençliğim, alınganlığım, pişmanlığım, umudum... Sen benim hissettiklerimsin... Sen, bir daha hissedemeyeceğim tek şeysin...

Ne olurdu karşımda dursaydın şimdi? Sımsıkı sarılabilseydim boynuna, kokunu içime çekerek ağlayabilseydim omzunda... Ne olurdu küçücük bir ihtimal daha olsaydı? Keşke bunları sana söyleyebilmenin başka bir yolunu bulabilseydim.

Ne yazık ki bu mümkün değil!

İçimden bir çığlık gibi kopup gidiyor hissettiklerim... Umarım duyarsın beni, umarım hissedersin kalbimden geçenleri.

Seni her şeyden çok seviyorum."

Geçen zamanın beni büyüttüğünü ve güçlendirdiğini sanıyordum. Fakat öyle değilmiş! Babasının gölgesi olmadan büyüyemiyormuş insan, güçlenemiyormuş... Babama yıllar sonra ilk defa bu kadar yakın olunca daha iyi anladım ona ne çok ihtiyacım olduğunu... Hissettiğim şey öyle derin bir yoksunluktu ki ne kadar anlatsam yine eksik kalırdı. Duyduğum tatsız hisle birlikte annemin mezarına döndüm. Annemi, adını koyamadığım bir yara olarak yüreğimde taşıdım ömrümce. Çünkü babamın ölümünden hemen sonra beni yapayalnız bırakmasını asla kabullenememiştim. Bir anne için ölmeyi seçmenin nasıl olur da çocuğu uğruna yaşamaktan daha kolay olabileceğini hiçbir zaman anlayamadım. Bu yüzden annemi özlediğim kadar ona kırgınlık da duyuyordum. Aslında bazı zamanlar başıma gelen birçok şey için onu suçladığım da oluyordu. Yine de anneme karşı bastıramadığım sevgimi de inkâr edemem. Elbette ona da söylemek istediğim şeyler vardı...

"Ben o defteri kapattım dediğim konular var. Ve o defterde kalan birileri... Uğradığım bütün haksızlıklara rağmen gururla kaldıracağım başımı. Çünkü ben kimsenin sırtında bıçaklar bırakmadım, kimsenin kalbinde yara olmadım. Yaptıklarını unutacağım belki ama asla affetmeyeceğim...

Sana karşı hissettiğim şeyleri tam olarak anlatmayı becerebilseydim keşke... Ama içimde bıraktığın bölük pörçük duygularla bunu yapabilmem kolay değil! Ne sevdiğini doğru dürüst anlayabildim ne de sevmediğinden eminim...

Acaba çok şey mi bekledim senden? Ya da çok fazla mı anlam yükledim sana? İnan ki bilmiyorum, bilmek de istemiyorum! Çünkü seni düşündükçe burnumun direğinde hissettiğim o sızıyı tarif edemem! Canımın nasıl yandığını anlatamam! Sevdin ya da sevmedin, hiç önemli değil... Zaten bunun cevabını sonsuza dek bilemeyeceğim. Ama bu hayatta en çok sana kırıldığımı iyi biliyorum. Çünkü sen ellerimi bıraktığında tutunacak başka bir dalım yoktu. Ne sığınacak bir limanım kalmıştı geriye ne de sırtımı yaslayacak bir dağım... Sen beni sana olan güvenimden kırdın! Senden başka kimsem olmadığını bile bile sırtını döndün bana!

Biliyor musun, yine de sana hak vermeye çalıyorum bazen. Vardır bir bildiği ya da üstesinden gelemediği bir derdi diyorum. Çünkü başka türlü bunu hazmedebilmemin bir yolu yok. Allah biliyor ya sana duyduğum sevginin yüceliğinden bu kadar kırgınım. Yüreğimde zerre kadar kötülük yok. Şimdi yanımda olsan sana sarılmadan durabilir miyim sanıyorsun? Bu mümkün değil...

İnsan, yüreğindeki bazı boşlukları dolduramıyor ne yazık ki. Sen de yeri asla dolmayacak bir boşluksun içimde. Umarım bir gün seni affedebilirim. Umarım bir gün gülümseyerek bahsedebilirim senden, anneciğim..."

Yan yana uzanmış iki mezarın arasına yüreğimi bırakarak uzaklaştım. Daha fazla kalmak kahırdan ölmeme neden olabilirdi! Hızlı adımlarla geldiğimiz yöne doğru ilerlerken Remzi Amca ardımdan yetişti. Uzunca bir süre ikimizin de ağzını bıçak açmadı, eve kadar sessizce yürüdük...

Evin önüne geldiğimizde "Bak burası senin evin" dedi Remzi Amca bir kez daha. "Sen şimdi gir evine yat, dinlen biraz. Yol yorgunusun. Yarın kalktığın vakit gelirsin kahveye. Hadi oğlum, görüşürüz."

"Eyvallah Remzi Amca. Görüşürüz..." dedim.

Doğduğum ve çocukluğumun en güzel zamanlarını geçirdiğim o evin mavi renkli kapısına geldiğimde kalbim yerinden çıkacak gibiydi. Babamdan kalan anahtarlığı cebimden çıkarıp kapıyı açmaya çalışırken heyecanım da katlanıyordu. Kapıyı parmak uçlarımla içeri doğru hafifçe iterken bir zaman makinesini çalıştırmak üzere olduğumu bilmiyordum. Evin hangi köşesine baksam bir anı canlanıveriyordu. Sanki çocukluğuma misafir olmuş gibiydim. Bir yanım hüngür hüngür ağlamak isteyecek kadar hüzünlüyken diğer bir yanım mutluluktan kahkaha atmak istiyordu. Yerlere serilmiş kilimler, bir duvarda yüzlerce kitaptan oluşan kitaplık, diğer duvarda asılı duran av tüfeği, odamın hemen köşesinde isten simsiyah olmuş kuzine... Her detay o günleri yeniden yaşamama yardımcı oluyordu. Hafızamda yer etmiş ufak tefek ayrıntılar tekrar canlanıyordu gözlerimin önünde. Her yere tek tek baktım, en ince ayrıntısına kadar geçmişi hatırlamaya gayret ettim. Odalardan birindeki divanın altında ağaçtan oyulmuş oyuncak gemiyi bulduğumda çoktan akşam olmuştu. O gemi babamın kendi elleriyle benim için yaptığı tek oyuncaktı. O günleri hasretle anımsayarak uykuya daldım.

Ertesi sabah kahveye gitmek üzere evden çıktım. Sokağa bakan bahçe duvarını sarmaşıkların sardığı konağın önünden geçerken birden duraksadım. Yüksek duvarın üzerinden görebildiğim işlemeli cumbayı çocukluğumdan hatırlıyordum. Bir anda kendimi bahçe kapısından içeri girerken buldum. İçeri girer girmez "Kimsin?" diyen o sesi işittim. "Kimsin dedim, kime baktın?" diye sordu yeniden.

"Kimseye bakmadım. Sadece konak ilgimi çekti" dedim sesin geldiği tarafa doğru dönerek.

Kocaman ıhlamur ağacının altındaki derme çatma bir masada oturan sarı benizli adamı bir yerden tanıyor gibiydim. Biraz daha yaklaşınca onun Kerim olduğunu anlamam zor olmadı. Orta boylu, uzun yüzlü ve dişlekti. Her an sırıtmaya başlayacakmış gibi bir ifadesi vardı ve en az çocukluğumdaki kadar itici görünüyordu. Ömrüm boyunca sabırla beklediğim bu sahneye son derece hazırlıksız yakalanmıştım. Bütün hayatımı bir kâbusa çeviren o ucubenin tek kelime bile etmesine fırsat vermeden gırtlağına çökebilirdim. Bunu yapmak yerine onun da beni tanımasını bekledim ama tanıyamadı.

"Sen Kerim'sin değil mi?" diye sordum.

"Ben Kerim'im de... Peki, ya sen kimsin?" dedi yeniden.

"Benim adım Metin. Hatırladın mı beni?"

"Yok... Vallahi çıkaramadım. Hangi köydensin, kimlerdensin?" diye merakla sordu.

Sağ elimin avuç içini uzatıp "Bak, bu izleri hatırladın mı? Bu izler senin yüzünden yine tam bu ağacın altında olmuştu yıllar önce. Şimdi tanıdın mı beni?" diye sordum.

Şeytan görmüş gibiydi. Zaten iri olan gözleri daha da büyüdü.

"Metin? Sen Metin misin?" diye sordu.

"Evet" dedim. "Demek bıraktığın imzayı hatırladın..."

"Çocuklukta olmuş bitmiş şeyler işte. Büyüdük artık! Ne yalan söyleyeyim seni göreceğim hiç aklıma gelmezdi."

"Ben bir gün mutlaka karşılaşacağımızı biliyordum. O bilyeler duruyor mu?"

"O zamanlardan bilye mi kalır Metin? Dedim ya çocukluktu!"

"O zamanlardan kalan çok şey var ama..."

"Sen buraya niye geldin ki? Ne istiyorsun? Eline olanlar keşke hiç yaşanmasaydı ama oldu işte. Bunu sormaya gelmedin herhalde."

"Sen babamı öldürdün! Bunu o gün de söyledim. Küçüğüm diye kimse bana inanmadı. Ama bunu yaptığını ikimiz de biliyoruz! Mahkemeye çıkıp suçunu itiraf etmeni istiyorum" dedim.

Yerinden kalkıp aramızdaki iki metrelik mesafeyi kapatarak bana yaklaştı. Göz altı torbaları çıkmış, kaz ayakları belirginleşmişti. Fıldır fıldır dönüp duran sinsi gözleri olmasa herkes onu kendi halinde biri sanırdı. Birkaç saniye boyunca gayet ciddi bir bakışla beni süzdükten sonra kahkaha atmaya başladı. Sanki sabrımı zorluyor gibiydi!

"Baban ölünce sen küçücük bir çocuktun. Ben de on yedimdeydim daha. Babana gücüm nasıl yetecekti? Bir hayal gördün ve ona inandın" dedi umursamaz bir tavırla.

"Ben ne gördüğümü çok iyi biliyorum. Bunun bedelini öyle ya da böyle ödeteceğim sana!" diye cevap verdiğimde sinirlendi. Sesini yükseltmesiyle birlikte birkaç kişi daha belirdi hemen.

"Elinden geleni ardına koyma! Şimdi çık git konaktan ve sakın bir daha buraya gelme!" dedi.

İçim içimi yediği halde sakin bir tavırla daha çok görüşeceğimizi söyleyip ayrıldım. Kahvehaneye vardığımda Remzi Amca birileriyle ayaküstü konuşuyordu. Geldiğimi görünce kalkıp yanıma geldi.

"Metin, ne bu halin oğlum? Elin yüzün bembeyaz... Hayırdır?" diye sordu. Kerim'le aramızda geçen konuşmayı anlattım.

"O Kerim var ya, tam bir sırtlandır! Ne zaman, ne yapacağı belli olmaz. Dikkat et ona..." dedi. "Sana bir şey soracağım Metin ama beni yanlış anlama..."

"Estağfurullah Remzi Amca... Buyur, sor" dedim.

"Şey..." dedi geveleyerek. "Babanı Kerim mi öldürdü sahiden? Yani kendin gördün mü olayı? Odun keserken kendi kendine kazara yaptığını söyledi ya herkes. Şahitler de vardı..." dedi Remzi Amca.

Bunu söyleyeceğini tahmin dahi etmiyordum...

"Tabii ki kendi gözlerimle gördüm!" dedim. "Çocukluğuma dair hatırladığım en net hatıra bu ne yazık ki! Kerim denen o şerefsiz bilerek elimi yaktı! Babam da olayı öğrenince öfkelendi. Kızgınlıkla o lanetli konağa giderken ben de peşini bırakmadım. Babam konağın bahçe kapısından içeri girdi ve odunluğun hemen yanında durup Reşit Ağa'ya seslendi. Kerim de o sırada odunluktaydı. Babam başını çevirince Kerim'in orada olduğunu gördü. Söylenerek ona doğru yöneldiği sırada her şey bir çırpıda oldu. Kerim çöktüğü yerden kalkarken eline aldığı baltayı bir anda babamın kafasına vurdu. Gözlerimin önünde olduğu yere yığılıverdi. Ben oradaydım Remzi Amca, her şeyi gördüm! Sonra Reşit Ağa çıktı dışarı, ardından kalabalıklaştı ortalık. Kerim hemen kayboldu. Jandarma gelince her şeyi anlattım. Ama bana kimse inanmadı. Neden? Çünkü Reşit Ağa babamın o gün ücret karşılığında odun kırdığını söyledi ifadesinde.

Birkaç kişi de şahit oldu. Peh! Ben her şeyi anlattım ama korkudan hayal gördüğümü söylediler. Çocuğum diye inanmadılar. Seninle bağlantı kurmadan önce iyice sordum, soruşturdum. Babamın bu köydeki en yakın arkadaşı senmişsin. Doğru mu?"

"Evet oğlum, doğru" dedi.

"Peki, Reşit Ağa'nın odununu babam mı kırardı?"

"Baban, Reşit için kılını bile kıpırdatmazdı."

"Allah aşkına Remzi Amca... Bir kişi de çıkıp niye bunu söylemedi o zaman? Yalancı şahitlerle ifadeler verdiler. Sen bile bir şey demedin!"

"Ne desen haklısın Metin'im... O zamanlar düşünemedik. Hem cahillik ettik hem de korkardık Reşit'ten. Şimdi mezarında ters dönsün! Ben sana inanıyorum" dedi. Sohbeti daha fazla uzatmadan doğruca eve gittim. Kafam karmakarışıktı ve aceleci davranarak yanlış bir şey yapmaktan korkuyordum. Babamın ölümüyle ilgili yalan ifade veren iki yaşlı adam da artık hayatta değildi. Kerim'in her şeyi itiraf etmesinden başka çarem yoktu. Fakat bunu nasıl yapacağımı bilmiyordum. Elimde onu itirafa zorlayacak bir koz vardı ama daha fazlasını bulmam gerekiyordu. Ne yapacağımı düşündükçe kafamın içi daha çok bulanıyordu. Biraz hava almak için dışarı çıktım. Evimiz, taşlarla örülmüş dört duvarın üzerine yapılmıştı. Eski köy evleri böyleydi genellikle. Alt kattaki bu taş yapıyı kimisi ahır, kimisi de ambar olarak değerlendiriyordu.

Evin alt katındaki bu bölümün kapısını zorladım ama kilitliydi. Cebimdeki anahtardan biri kapıyı açtı. Fakat işe yaramaz birkaç parça eski eşyayı saymazsak içerisi bomboştu. Faydalı bir şey bulamamanın verdiği hayal kırıklığıyla çıkıp tekrar eve döndüm. Bunca yıl sonra buraya kadar gelmişken içimdeki umutsuzluk giderek çoğalmaya başlamıştı. Babamın kitaplarına göz atarken kitaplığın en üst rafında bir çıkıntı olduğunu fark ettim. Yaşadığım onca hengâmeye, çektiğim onca sıkıntıya rağmen sabretmenin mükâfatı gibiydi adeta. O gizli kısımda babama ait olduğunu anladığım ve elyazısıyla üzerinde "Her kalbe bahar gelir ama bazıları çiçek açar..." yazılı bir defter buldum. Defteri elime aldığımdaysa babamın elini tutuyormuşçasına bir hisle doluyordu yüreğim. Babam, sanki kalabalık bir pazaryerinde elimi bırakmış ve bir müddet sonra yeniden yakalamış gibiydi. İçimde duyduğum o hüzünlü mutluluğu anlatabilmem mümkün değil...

Sevgili babamın hikâyesini okuyup onun hakkında bilmediğim her şeyi öğrenecek olmanın sevincini yaşıyordum. Fakat çok şey bilmenin bazen sevinç yerine mutsuzluk getireceğini bilmiyordum...

“Kavga çıkmasın diye sustuğum zamanlar
kimse kırılmasın diye yuttuğum konular
ve kaybetmemek için alttan aldığım insanlar oldu.
Şimdi anlıyorum ki bazı kavgalar çıkmalı
bazı kalpler kırılmalı
ve bazı insanlar kaybedilmeliymiş...
Sürekli gönül yapmaya çalışınca kıymetin kalmıyormuş...”

IV. Bölüm

Hiçbir şey hayal ettiğim gibi olmadı ve asla hayal ettiğim gibi olmayacak. Kontrolden çıkmış bir hayatın direksiyonunu sıkıca kavramış durumdayım. Yarının ne getireceği hakkında hiçbir fikrim yok. Bu nedenle anlatacağım her şey hem itiraf hem de ihbar niteliğindedir...

Benim adım Selim. Aralarındaki ilişki mantık evliliğinin getirdiklerinden öteye gidemeyen vali yardımcısı bir babanın ve öğretmen bir annenin tek çocuğuyum. Hayatım, kendime ait olmayan ve bütün planlamasını ailemin yaptığı bir geleceği yakalamaya çalışarak geçiyordu. Babam Ankara'da tanınan biriydi, bu nedenle her adımımı ona yakışan bir evlat olarak atmam gerekiyordu. Sokaktaki davranışlarımdan okuldaki başarıma kadar her hareketim babamı onurlandırmak içindi.

Babamı tanıyanlar minnetle bahsederdi ondan. Ne kadar beyefendi, ne kadar alçakgönüllü, yardımsever bir adam olduğunu vurgulayarak anlatırlardı. Oysa onların tanıdığı o harika adam ailesine karşı fazla kuralcı, zorba ve memnuniyetsizdi. Ondan övgüyle bahsedenler babamın hoşuna gitmeyen bir şey olduğunda sinsi bir yılan gibi pantolonundan sıyrılan o deri kemerle tanışmamışlardı. Ama ben o cehennem kaçkını kemeri yakından tanıyordum ve onunla karşılaşmamak için benden istenildiği gibi yaşamaya gayret ediyordum. İnşaat mühendisliği de benim değil, babamın hayaliydi. Asıl korkutucu olan kendime ait bir hayalimin bile olmamasıydı aslında. Beni o kadar kontrol altında yetiştirmişlerdi ki kendi arzularımla tanışmaya henüz fırsatım olmamıştı. Ta ki Sibel'le karşılaşıncaya dek...

Onu ilk gördüğümde 1978 Ekim'iydi, yani üniversiteye başladığım sene... Bir perşembe sabahı geç kaldığım derse alınmayınca bahçeye çıkıp bir sonraki dersi beklemeye başladım. Derse geç kaldığım için sınıfa alınmadığım haberi babamın kulağına giderse ne cevap vereceğimi düşünüyordum. "Altı üstü bir ders, geç kalsam ne olur ki?" deme gibi bir lüksüm yoktu. Aslında bir bahane düşünmeye çalışmam da saçmalıktı. Çünkü babam mazeretleri asla kabul etmezdi. O sırada dalgınlığımı bölen sese doğru döndüm. "Hey, bakar mısın?" diyerek küçücük ayaklarıyla kocaman adımlar atan bir kız hızla yaklaşıyordu. Onun da geç kalmış bir öğrenci olduğunu anlamak hiç de zor değildi.

Yanıma kadar gelip "Pardon" dedi. "Galiba geç kaldım, saatim de yok. Şu an kaçıncı dersteler acaba, biliyor musun?"

"İlk ders bitmedi henüz ama bitmek üzere. Birazdan çıkarlar" dedim. Teşekkür edip yanımdaki boşluğa oturdu. Çok geçmeden "Senin bitmek üzere dediğin ders bu mu?" diye sordu.

"Anlamadım" dedim.

"Bunun neresini anlamadın ki? Dersin bitmek üzere olduğunu söyledin ama o kadar zaman geçmesine rağmen hâlâ dışarı çıkan olmadı!"

"Daha beş dakika bile olmadı. Beğenmediysen git başkasına sor!" dediğim anda ders bitti ve "Al işte bitti!" diye ekledim.

Önce tebessüm eder gibi oldu sonra aşağılayıcı bir bakışla "Hem yalancı hem de alıngansın..." deyip hızla merdivenleri tırmanarak binaya girdi. Hayatımda ilk defa böylesi bir tepkiyle karşılaşmıştım. Bana söylediği o utanç verici cümleyi duyan oldu mu diye gözucuyla bakındım etrafa. Duyabilecek kadar yakında kimsenin olmadığına kanaat getirince rahatladım. Sonraki günlerde o kızı daha sık görmeye başlamıştım. Neredeyse fakültede tanımadığı kimse yoktu. Etrafında hep farklı insanlar görüyordum. Çoğu zaman göz göze geliyorduk ve yüzü tuhaf bir memnuniyetsizliğe bürünüyordu. Dalgalı ve kızıl saçları gözlerinin önüne düşüyor; ay kadar beyaz yüzüne özenle yerleştirilmiş gibi duran küçük, kahverengi çilleri güldükçe daha da belirginleşiyor, gözleriyse iyice kayboluyordu. Böyle zamanlarda yanındakilere alay ederek benden bahsettiği hissine kapılırdım. Fakülte bahçesinde, koridorlarda, dersliklerde engel olamadığım şekilde onu gözetler hale gelmiştim farkında bile olmadan, istemsizce yapıyordum bunu. Kendimi kontrol etmeye ve ondan uzak durmaya karar verdim sonunda. Ama sanki içimden geçenleri okumuşçasına ondan uzaklaşmama izin vermeye niyeti yokmuş gibi yanıma gelip benimle konuşmaya başladı. Çoktan öğrendiğimi bilmeden adının Sibel olduğunu söyledi, ondan beklemediğim bir nezaketle ilk karşılaştığımız günkü patavatsızlığını bağışlamamı rica etti. Zamanla beni bambaşka birine dönüştürecek olan bir tebessüme teslim olduğumu bilmeden "Önemli değil" dedim. Böylece hayatımı teğet geçmek üzere olan Sibel'i hayatımın merkezi haline getirecek ilk adımı çoktan atmış oldum. Ertesi gün okuldaki tüm vaktimizi birlikte geçirdik. Her ne kadar farkında olmasak da o günden sonra her günümüz birlikte geçti. Yine bir gün kütüphanede yan yana oturmuş ders çalışıyorduk, içeride yalnızca ikimiz vardık. Yavaşça yerinden kalktı, eşyalarını sessizce çantasına yerleştirdi ve kulağıma eğilip "Bugün erken gitmem gerekiyor" diye fısıldadıktan sonra dudağımın kenarından öpüverdi. Hızlı adımlarla kütüphaneyi terk ederken bastığı ahşap döşemelerin gıcırtısını duyabiliyordum... Kulaklarım dışında hiçbir duyu organım çalışmıyordu. Kalbim, koşusunun son birkaç metrelik kısmına gelmiş bir atletinki kadar hızlı ve heyecanla çarpıyordu. On dokuz yaşında bir delikanlı olmama rağmen ilk defa bir kızın karşısında böylesine tarifsiz duygulara kapılıyordum. Hiç bilmediğim, daha önce hiç tatmadığım duygular deneyimliyordum. Bu halimi babam görse ne yapardı diye düşündüm bir an. Pek memnun kalmayacağını adım gibi bilsem de nasıl bir ceza vereceğini hayal bile edemiyordum. Ama önemi yoktu. Çünkü az önce iliklerime kadar hissettiğim duygular her şeye değerdi. Kütüphanedeki o öpücüğün üzerinden çok geçmeden Sibel'le sevgili olmuştuk. Zaman içerisinde kendiliğinden gelişen bir ilişkiydi bizimki. Hayatın akışına göre hareket ediyorduk. Sibel'i tanıdıkça daha önce kendime ait bir hayatımın olmadığını görüyordum. Ailem o kadar nüfuz etmişti ki bana kendime özgü beğenilerim bile yoktu. Bazı konularda fazla ileri gittiklerini yeni yeni anlayabiliyordum. İnsanın bir şeyi kendi içinden gelerek yapması ne kadar güzelmiş. Bizimkiler maddi anlamda her imkânı bana verirken, karşılığında ise elimden özgürlüğümü almışlar meğer. Ama artık böyle devam etmesi mümkün değildi.

1979 Şubat'ında ailece evde olduğumuz bir pazar sabahıydı. Kahvaltıyı yaptıktan sonra herkes bir köşeye çekilmişti. Annem gençlik fotoğraflarının olduğu albümü karıştırıyor, babam günlük gazetesini okuyor, bense üçüncü kattaki evimizin geniş penceresinden bir kısmını rahatlıkla görebildiğim Tunalı Hilmi Caddesi'ni izliyordum. Sibel'le en çok buralarda vakit geçirirdik. Caddenin sonunda kısa bir zaman öncesine kadar adı Kavaklıdere Parkı, yeni adıyla Kuğulu Park tam anlamıyla aşk yuvamızdı bizim. Burada Viyana'yı ve Ankara'yı beslemek, gülüşmek, sarılmak bizi bambaşka dünyalara götürüyordu. Viyana ve Ankara Kuğulu Park'a yeni adını veren iki güzel kuğuydu. İki yıl önce Viyana'dan hediye olarak Ankara Belediyesi'ne gönderildiği için iki şehrin adıyla anılmışlardı. O günden itibaren Kuğulu Park ne buluşmalara, ne ayrılıklara, ne kavgalara, ne barışmalara sahne olacaktı... Öylece dalmış lapa lapa yağan karı seyrederken babamın hiç de şefkatli olmayan dürtmesiyle doğruldum.

"Ne oturuyorsun kaç saattir?" dedi. "Pinekleyip duruyorsun burada. Dersin falan yok mu senin?"

"Yok baba..." diyecektim, sonra bir şey söylemek içimden gelmedi. Hiç oralı olmadan sessizce arkamı dönüp salondan çıkmak üzere kapıya doğru yöneldim.

Kapı eşiğinden adımımı atmaya fırsat kalmadan "Selim!" diye hırıldayan bir sesle adımı zikretti. "Sen ne diye sırtını dönüp gidiyorsun ulan eşek herif? Bir yanıma gel hele!" diyerek tekrar kükredi. Garip bir şekilde bu manzara karşısında ilk kez korku duymuyordum. Böyle zamanlarda babamdan ödüm kopardı. Hatta lise yıllarımda bir keresinde korkudan altıma kaçırdığım bile olmuştu. Ama şimdi zerre kadar tereddüt duymadan dediğini yaptım ve geri dönüp yanına gittim. Babam, itibar sahibi, kültürlü biri olmasına karşın çocuk sevmesini bilmeyen bir adamdı. Sinirlendiğinde ağza alınmayacak küfürler, hakaretler savurmaktan geri durmaz, hâlâ hırsını alamadıysa deri kemerini kırbaç gibi kullanmaktan da hiç çekinmezdi. Dedim ya babam çocuk sevmeyi bilmiyordu. Belki de sevmeyi bilmediği sadece kendi çocuğuydu, emin değilim. Karşısına gelip durduğum an, sol tarafımdan yüzüme bir tokat indirdi. Bir yandan kısık bir tonla hakaretler yağdırıyordu. Sesi kısıktı, çünkü en öfkeli olduğu zamanlarda bile çevresine karşı itibarını zedeleyecek bir izlenim bırakmamaya özen gösterirdi. En son iki sene önce lise son sınıftayken okulu astığım için böyle dayak yemiştim. Hatırlıyorum da her tokatta vurmaması için yalvarır, elimi vücuduma siper etmeye çalışırdım. Ama şimdi korkmuyordum! Ardından ikinci tokadı indiriverdi. Başımı kaldırırken gözüm endişeyle bizi izleyen zavallı anneme ilişti. Tatsızlık çıkmasın, kavgalar uzamasın diye yıllarca bastırılmış duygularıyla o da bu halimize alışmıştı artık... Babam hırsını alamayınca hep olduğu gibi kemerine sarıldı bir anda, o saniye bileğinden yakaladım.

"Baba..." dedim. "Bak bu artık böyle olmaz. Farkında değilsin ama büyüdüm ben, yirmi yaşındayım."

"Elimi mi tutuyorsun utanmadan?" dedi gür kaşlarını çatarak. "Ben senin yaşındayken babama büyüdüm diyemezdim. Karşısında salavat getirmeden ağzımı açamazdım. Sen de utanmadan bana mı dikleniyorsun, bu saygısızlığınla kime çektin ulan it oğlu it!"

"Sen neden böyle bir adamsın baba? Seni seviyorum ama bana engel oluyorsun. Toplum içinde seni gururla izlerdim, tüm çocuklara seni gösterip hava atardım.. Ama eve geldiğimizde köşe bucak kaçardım senden. Beni neden sevmediğin umurumda olmadan severdim seni ama bu böyle olmaz artık. Ben ne senin gibi ne de senin baban gibi bir insan olmak istiyorum! Size benzemeyeceğim ben!" deyip doğruca odama gittim.

Bu zamana kadar hiç karşı tavır sergilememiştim babama. Çünkü daha önce hayatın akışının herkeste böyle olduğunu sanırdım. Kendime ait fikirlerim, arzularım, tutkularım, hayallerim olabileceğini henüz keşfetmemiştim. Sibel'le tanıştıktan sonra kendimi de yeni yeni tanıyordum. Kütüphanede beni öptüğü o gün kendimi özel hissetmemle başlamıştı her şey... Ondan sonra bazı kararları ailemden korkmadan kendi irademle verir olmuştum. Bunlardan bir tanesi de babamın bana bir robotmuşum gibi davranmasının yanlış olduğunu ona söyleme cesaretinde bulunmamdı. Doğrusunu söylemem gerekirse biraz önceki tavrımı babamın benden katiyen beklemediğine eminim. Bir nebze de olsa onu kırmış olduğum gerçeği beni üzüyordu, öyle ya da böyle neticede babamdı. Ancak haksız yere kendimi ezdirmemiş olmanın gururuyla da teselli buluyordum. Büyümüş olduğumu kabul ettiğinden olsa gerek, o günün ardından babam çeşitli bahanelerle bana karşı katı davranmayı bırakmıştı. Belki de bir dahaki sefere daha dirençli bir şekilde karşılık vereceğimi düşündüğünden konuyu o raddeye getirmek istemiyordu. Aslında babam beni evden bile kovabilecek bir yapıya sahipti. Ancak toplumda, bilhassa da Ankara bürokrasisinde "Necip Bey oğluna söz geçiremeyip evden kovmuş" söylentileriyle itibarını incitecek dedikoduların yayılmasından çekiniyordu. Babamın en zayıf noktası işte tam da burasıydı. "Toplum ne der?" tasası açgözlü bir kanser gibi babamın bütün hücrelerine yayılmıştı. Ne yazık ki bu korkuyla ne kendisi dilediği gibi yaşayabilmiş ne de benim dilediğim gibi yaşamama izin vermişti...

Zaman durmaksızın akıp gidiyor, bense her geçen gün Sibel'e daha derin tutkularla bağlanıyordum. Şehri teslim alan kış çoktan sona ermişti. İnsanın içini gıdıklayan cılız bahar güneşi çoğu zaman üşütüyordu. Tunalı'dan Kuğulu Park'a doğru yürürken Sibel'i üşütüp bana daha fazla sokulmasını sağladığı için böyle havaları bir başka severdim... İlişkimizin başladığı ilk zamanlar yan yana otururken Sibel'in kolu azıcık bana dokunsa heyecandan avuçlarım terlemeye başlardı. Ama şimdi her uygun ortamda Sibel'i öpebilmek için fırsat kollar hale gelmiştim. Kendisinin bile bilmediği sihirli bir sopayla hayatıma dokunmuştu adeta. O kırılgan, çekingen, ürkek Selim'i gözü kara ve kendinden emin bir adama dönüştürüvermişti. O yıl hayatım boyunca sahip olmadığım kadar arkadaşım oldu. İkinci sınıfa geçtiğimde okulda daha aktif ve hemen hemen her projede sorumluluk alır olmuştum. Bu sayede üst sınıflardan bile beni tanımayan kalmamıştı. Ancak parlak ve gözde bir öğrenci haline gelişimin derslerdeki başarımı gölgelemesine izin vermiyordum. Nasıl olduğunu anlayamadığım bir şekilde kimi zaman siyasal grupların içerisinde buluyordum kendimi. Bazen on beş, yirmi öğrenciden oluşan bir toplantıda oluyordum, bazen de işlek bir caddede alelacele açılan pankartlar eşliğinde küçük bir eylemin içinde yer alıyordum. Babam her ne kadar eskisi gibi acımasız davranmasa bile tamamen serbest de bırakmıyordu. Gözünü kestirdiği her fırsatta "Selim ortalık karışık, sokaklarda gezinip durma... Okuldan çıkınca oyalanmadan doğruca eve gidiyorsun... Aman Selim, arkadaşlarına dikkat et..." gibi tembihlerde bulunmayı ihmal etmiyordu hiç. Son zamanlarda Ankara'nın her yerinde artan kanlı bıçaklı siyasal kavgalardan sonra babamın endişeleri yersiz sayılmazdı. Ancak hiçbir siyasal yapıyla ya da olayla alakam yoktu. Dolayısıyla babamın bu husustaki kaygıları yersizdi.

Ne yazık ki her zaman planlandığı ya da umut edildiği gibi devam etmiyordu hayat... Hayatın da sürprizleri olacaktı muhakkak. Maalesef bazı sürprizler mutlu olmamız için değil, hatalarımızla yüzleşmemiz için yapılırmış. Zamanla bunu da öğrenecektim...

"Eskiden, bana zararı olduğu halde bazı insanları
kaybetmekten ödüm kopardı.
Kırıldığımda, üzüldüğümde sözünü bile etmezdim.
Onlar olmazsa her şey berbat olacakmış
gibi hissederdim.
Zamanla öğrendim ki öyle insanların yokluğu
hiçbir şeyi berbat etmiyormuş.
Artık ne kimseye yük oluyorum
ne de kimseyi kendime yük ediyorum.
Kimsenin yeri dolmaz diye bir şey yok
doluyor çünkü.
Allah, yeter ki iyi insanlar çıkarsın karşımıza..."

V. Bölüm

Sibel hayatıma gireli neredeyse iki yıl olacaktı. Üçüncü sınıfa başlamamıza günler kala Sibel'le Kuğulu Park'ta oturmuş kuğuları izleyerek sohbet ediyorduk. Önemsiz şeyler hakkında konuşup aslında hiç de komik olmayan şakalara karnımız ağrıyana dek kahkahalarla gülüyorduk. Bir müddet sonra yüzümüzü ısırarak geçen hafif bir rüzgârla birlikte sessizliğe gömülmüştük. Sol kolumu Sibel'in beline sarmış otururken o da başını omzuma yaslamış, avuçlarını kucağında birleştirmişti. Kısık gözlerini hiç kıpmadan tek bir noktaya kilitlenmiş halde uzaklara bakıyordu. Yüzüne düşen kızıl ve kıvrık saç tutamını sağ elinin işaretparmağıyla narince yerine iliştirdi. Onun yüzüne bakarken sanki bana özel yaratılmış ilahi bir varlığa tapınır gibi huzurla doluyordum. Ruhumun derinliklerinde adlandıramadığım duygular hissediyor, bunların en ufak zerresinden ona bahsetmiyordum.

Aldığı pozisyonu hiç bozmadan "Beni neden seviyorsun Selim?" diye ilginç bir soru sordu.

"Bu nasıl bir soru?" diye soruyla karşılık verdim.

"Basbayağı bir soru işte. Bir nedeni olmalı mutlaka... Hadi cevap ver..."

"Daha önce bunu hiç düşünmemiştim doğrusu... Galiba kendimi bulmamda yardımcı olduğun için seviyorum seni..."

"Nasıl yani? Anlamadım..."

"Mesela insanlara güvenmezdim ama herkesin aynı olmadığını öğrettin bana. Sana güvenebileceğimi gösterdin..." dedim. Aslında bu söylediğim yalan değildi ama sorduğu sorunun tam olarak cevabı da sayılmazdı. Ailem de dahil olmak üzere ilk kez bana kendimi değerli hissettiren kişinin o olduğunu, onunla cesaretlendiğimi, hayatımda ilk defa bir kıza bu kadar yakın olduğumu, onu öptüğümde bende yeni bir devrimin başladığını söyleyemedim.

Kendi fikirlerim, kendi beğenilerim, kendi hayatımda benim de söz sahibi olmam gerektiğini, bu uğurda altıma kaçırıncaya kadar dayak yeme pahasına babama karşı geldiğimi ve tüm bunları onun bana verdiği cesaretle yapabildiğim için onu çok sevdiğimi söyleyemezdim... Çünkü bunlar yirmi yaşındaki bir delikanlı için hassas ve onur kırıcı şeylerdi. Zaten ona olan sevgimin dışında bazı şeyleri bilmesi de şart değildi...

Aldığı cevaptan tatmin olmadığını yüzündeki ekşimiş ifadeden anlamak hiç de zor olmadı ama başka cevaplar almak için de üstelemedi. Farklı dilleri konuştuğu için anlaşılmayacağını bilerek susan iki yabancı gibi sessizce oturduk. Hava kararmaya başladığında tıpkı geldiğimiz gibi Tunalı Hilmi Caddesi'ni boylu boyunca el ele yürüyerek yeniden bitirdik. Sibel'i evinin sokağına kadar götürdüm. Hakkında kimse yanlış düşüncelere kapılmasın diye oturdukları binanın bahçe kapısından girinceye dek onu uzaktan izledim ve gözden kaybolduğunda ben de evime döndüm. Sibel'in bana nasıl nüfuz ettiğini izah edebilmemin hiçbir yolu yok... Daha birkaç saat önce görüşmemize rağmen bütün kalbimle onu özlüyor, bir an önce şu son üç günün geçip okulların açılmasını ve onu her gün görebilecek olmamın mutluluğunu yaşamak istiyordum. Sibel'le ilgili planlarım birkaç öpücük ve biraz kaçamaktan çok daha fazlasıydı. Zira okul biter bitmez mesleğime başlayıp onunla evlenmenin hayallerini kuruyordum. Hatta bir keresinde bu düşüncemi onunla da paylamıştım. Şaşkınlıktan ne diyeceğini bilememiş, düşüncelerimin bu yönde olmasından dolayı büyük bir mutluluk duyduğunu söyleyebilmişti sadece. Bu hayalimin gerçekleşmesi için önümde yalnızca iki yıl vardı... Sayılı gündü, tez geçerdi...

Okulların açıldığı ilk gün çoğu öğrenci okula gelmemesine rağmen fakülte bahçesine erkenden gitmiştim bile... Tek gayem üç gün aradan sonra Sibel'i bir an önce görebilmek ve onunla daha fazla zaman geçirebilmekti. O benim kadar heyecanlı olmazdı hiç, ancak mutluluğunu da gizlemezdi. Karakterinin böyle olduğunu tahmin ederdim, asla yadırgamazdım. Bense Sibel'e her kavuştuğumda boncuk bulmuş çocuklar gibi sevinirdim. Sibel, bedenimde durmadığı halde hayati önem taşıyan bir organ gibiydi bende.

Benim için hayati olan her şey ondan ibaretti sanki ya da ben öyle sanıyordum... Okulun ilk günü onun yanında olmak dışında kayda değer bir şey yoktu ve hatta derslerin de boş geçiyor olması benim açımdan muazzam bir armağan olmuştu. Bütün haftanın ve hatta ömrümün kalanının böyle saadet içinde süreceğini sanıyordum. Oysa aklımızın köşesinden bile geçmeyecek hayatları yaşamak zorunda kalırmışız bazen. İşte o cuma sabahının hayalim olmayan bir hayatı yaşamaya başlayacağım ilk gün olduğunu bilmiyordum...

Okula gitmek üzere hazırlanıp odamdan çıktığım o sabah annemle babamı endişeli bir şekilde siyah beyaz ekrana bakarken buldum. Şimdiye kadar hiç böyle görmemiştim onları. Bir şeylerin ters gittiği her hallerinden belliydi. "Günaydın" dedim, arkasından "Hayırdır, ne oldu?" demeye kalmadan babam eliyle susmamı işaret etti. İşte o sabah onları büyülenmiş bir şekilde televizyona kilitleyen haber 12 Eylül 1980 darbe bildirisi ve o gün için yapılan sokağa çıkma yasağı duyurusuydu... O saniye aklıma gelen tek şey Sibel'di... Bütün gün çıldırasıya Sibel'i düşünüp durdum. Gece olduğunda da gözüme uyku girmemişti. Ertesi gün aceleyle evden çıkacaktım ki babam kolumdan tutuverdi.

"Günaydın Selim Bey, hayırdır, nereye böyle son sürat?" diyerek beni aşağılayan bir tavırla sordu.

"Günaydın baba. Halletmem gereken acil bir işim var, çıkmalıyım..." dedim.

"Sen geri zekâlı mısın oğlum? Daha dün darbe oldu. Asker misin, savcı mısın? Ne işin olabilir böyle bir zamanda dışarıda? Beni çileden çıkartmadan geç otur kıçının üzerine..."

Babam bana hakaretle karışık öğütler verirken gözlerinin içine bakıyordum. Aslında bir noktadan sonra bende film çoktan kopmuştu... Babamın ne söylediğini artık duymuyordum bile. Tek istediğim gözlerinde azıcık merhamet ya da benim adıma ufacık bir endişe görebilmekti... Ama bakışlarında görebildiğim bencillik ve kibirden başka bir şey değildi. Bu kargaşada benim başıma gelebilecek bir olayın onun itibarını zedelemesinden kaygılanıyordu. Eskiden babamdan kâbus görmüşçesine korkar, çekinirdim. Artık korkmuyordum, aksine ona kırılıyordum... Kırıldıkça tamiri mümkün olmayan enkazlar kalıyordu kalbimde. Ne yazık ki o bunun farkında değildi... Ben bunları düşünürken babam söylenmeye devam ediyordu.

"Baba..." dedim. "Keşke bana bir şey olmasından korktuğun için dışarı çıkmama engel olmaya çalışsan... Merak etme, seni utandıracak bir şey yapmayacağım..."

Başka bir şey söylemesine müsaade etmeden hızlıca evden çıktım. Gündüz sokağa çıkma yasağı olmamasına rağmen caddeler neredeyse bomboştu. Dükkânlar kapalıydı, her köşe başını tutan işportacılar tezgâh açmamıştı bu kez. İçimdeki merakı bastırmak için Sibel'in evinin olduğu sokağın başında bekliyor, bir yandan da oturdukları dairenin penceresini gözetliyordum. Ancak ne binadan çıkan vardı ne de içeri giren... Pencereler saatlerce hiç açılmadan öylece durdu, perdeler bir kere bile yerinden kımıldamadı...

Orada bekleyişim ne kadar sürdü bilmiyorum, bir ara Sibel'i dışarı çöp çıkarırken gördüm. Kısık bir tonla seslendim ama duymadı. Beni gördüğünü sandığım an hızlı adımlarla ona doğru yaklaşıyordum ki o da aynı hızla çöpü atıp binaya geri döndü. O zaman beni fark etmediğini anladım. Neyse ki onu görmüş olmam içimin rahatlamasına yetmişti. Değil birkaç saat, Sibel'i görmek için o sokak başında günlerce bekleyebilirdim. Çünkü içimde onunla ilgili bir tedirginlik olduğunda zihnim karmakarışık oluyor, içdünyam altüst oluyordu. Öyle zamanlarda Sibel'i görmekten başka bir şey bana iyi gelmezdi. Onu öyle çok seviyordum, ona öyle âşıktım ki onsuz bir saniye bile geçirmek istemiyordum...

Çok geçmeden gündelik hayat normale dönmüş, gündüzleri sokaklar eskisi gibi canlanmıştı. O dönem çok sık siyasi eylemler oluyor, çoğu eylemin sonunda da ciddi kavgalar meydana geliyordu. Olayların çoğunluğu okullarda çıkıyordu ve son zamanlarda çok sayıda öğrencinin gözaltına alındığı söyleniyordu. İnsan bazen zeminini hazırlamadığı olayların baş kahramanı olarak bulabiliyor kendini. Tıpkı bir buçuk ay sonra okula gelmeyen Sibel'i bulmaya çalıştığım o gün başıma gelenler gibi... Sibel okula gelmeyince onu merak edip evine gitmeye karar verdim. Ancak tanıdığım bir sınıf arkadaşı o gün yapılacak bir yürüyüşe katılmayı daha öncesinden planladığını söyledi. Onu bulmak için yürüyüşün başlayacağı yere gittiğimde ortalık çoktan savaş alanına dönmüştü. Uzaktan Sibel'in bir ara sokağa doğru koştuğunu gördüm, ona doğru yönelmiştim ki sırtımda hissettiğim bir acıyla yere yığıldım. Böylece hayatımda ilk kez gözaltına alınmıştım. Ne yazık ki son da olmayacaktı... Sibel'in peşinden sürüklenirken kendimi benzer olayların içinde buluyordum sürekli. Sibel'i korumaya çalışmaktan başka düşüncem yoktu oysa. Üstelik onu nasıl koruyacağımı bilmeden yanında olmaya çalışıyordum. Sanırım bu durum birini körü körüne sevmenin getirdiği aptallaşmayla ilgiliydi... Bu durumun babamın kulağına gitmesini engelleyemedim. Bir akşam vakti eve döndüğümde babamın bana karşı öfkeli olduğunu anlamam zor olmadı. Zaten öfkesini gizlemek gibi bir arzusu da yoktu. Bir anda dinden imandan çıkmışçasına üzerime atıldı. Birkaç tokat attı ancak hiç aldırmadım, karşı da koymadım... Haklıydı, onu kendimle ilgili kötü bir duruma sokmayacağımın sözünü vermiştim sonuçta ama olmamıştı işte. Bu yüzden sonuna kadar hırsını almasına izin verdim. Burnumdan akıp ağzıma dolan kanımın tadını alıyordum ama yine de kıpırdamadım. Babam da bir süre sonra durdu. Bana acıdığından değil, daha fazla vuracak takati kalmadığından bıraktı... Hızlı hızlı nefes alışı arasındaki kesik kesik konuşması tehdit gibiydi. Tekrar gözaltına alınırsam ya da herhangi bir eyleme katılmaya kalkışırsam bir daha eve gelemeyeceğimi sert bir şekilde hatırlattı. Eğer sözünü dinlemezsem artık bir ailemin de olmayacağını söyledi. Başıma gelen hiçbir olayla ilgimin olmadığını, bütün bunlara kalbimin derinliklerinde büyüttüğüm aşkın sebep olduğunu babama söylemedim. Onca dayağın ardından odama geçtikten sonra yatağıma sırtüstü uzanır uzanmaz içimi tuhaf bir huzur kapladı. Bu tuhaf huzurun Sibel için bir güçlüğe göğüs germiş olmamdan kaynaklandığını hissediyordum. Ama yanlış bir insan uğruna yapılmış küçücük bir fedakârlığın bir ömre mal olabileceğini bilmiyordum...

"Eğer ki yüreğin ferah değilse
gül bahçelerinde bile nefessiz kalırsın!
Halil İbrahim sofrasında aç kalınır mı hiç?
Gönlün rahat değilse tok oturur
boğazında kör bir düğümle kalkarsın..."

VI. Bölüm

Sibel'in bir süredir yalnızca okul ve ev arasında geçen hayatı sayesinde herhangi bir karmaşanın ortasında kalmamıştık. Kötü zamanların son bulduğu düşüncesine kapıldığım bir sırada hayatın ve aşkın en ağır biçimde beni sınayacağından habersizdim...

1981 Mart'ında güneşli olmasına rağmen parmak uçlarını uyuşturacak kadar ayazlı bir Ankara gününde öğleden sonra dersim olmadığından kütüphaneye gidip yakında başlayacak sınavlarıma hazırlanmaya karar vermiştim. Böylelikle Sibel'in dersleri bitene dek okulda beklemiş olacaktım. Bir müddet sonra kütüphanenin kapısının önünde alışkın olmadığımız bir hareketlilik başladı. Ardından giderek şiddetlenen sloganları işitebiliyordum. Kulak asmamaya çalışsam da içimdeki merak duygusuna engel olamayıp dışarı çıktım. Fakültenin önü ikili üçlü gruplarla dolmaya devam ediyor, pankartlar açılıyor, protestolar gittikçe şiddetleniyordu. Çok geçmeden polis de gelip sükûnet ve dağılma çağrısı yaptı. Ancak böyle durumlar genellikle nezarette son bulurdu ve yine öyle olacaktı... Kalabalığın en ateşli yerinde kıvır kıvır kızıl saçlarıyla Sibel'i gördüm. Yüzünün bembeyaz rengi soğukta bağırmaktan kırmızıya çalıyordu. Başına bir iş gelmesinden korkuyordum, onu oradan alıp götürmek istedim. Sibel'i o an son kez gördüğümü nereden bilebilirdim ki? Kalabalığı yarıp yanına gitmeye çalıştığım sırada önlenemez bir arbede çıktı ve ona ulaşmayı başaramadım. Bazıları çıkan kargaşadan faydalanıp ardına bile bakmadan kaçtı. Bense Sibel'i gözden kaçırmıştım ve onu bulmadan gitmeye hiç niyetim yoktu. Aralarında benim de olduğum büyük bir çoğunluk o gün gözaltına alındı. Gözaltına alınanların arasında Sibel'in olmamasına nasıl sevindiğimi anlatamam... Ertesi gün hepimizin bırakılacağını zannederken sadece küçük bir grup salıverildi.

Bir şeyler ters gidiyordu. İkinci günün sonundaysa onlarca kişiden yalnızca ben kalmıştım. Herhangi bir suç işlemediğim halde neden tutulduğumu bir türlü öğrenemiyordum. Sonrasında çeşitli suçlamalarla mahkemeye sevk edildim. Hayatımın darmadağın olmaya başladığını ilk duruşmada iliklerime kadar hissetmiştim. Mahkeme salonunda sevdiğim ve beni sevdiğine inandığım kimsecikler yoktu. Babam, annem, Sibel... Onların kalbimde olduğunu bilsem de yanımda değildiler. Arkamda da yoktular, yapayalnızdım... Yapılan hiçbir suçlamayı kabul etmedim ve duruşma ertelendi. Aslında ailemin ne durumda olduğumdan, nerede olduğumdan, onlara nasıl ihtiyacım olduğundan haberlerinin bile olmadığına emindim. Belki de ortalığa düşmüş beni arıyorlardı köşe bucak. Aksi halde düştüğüm bu durumdan babam beni kurtarırdı. Haksızlığa uğradığımı, yapılan suçlamalarla alakam olmadığını bilirdi ve buna izin vermezdi. Ya da ben öyle sanıyordum...

Ertesi gün ziyaretime gelen bir avukatın "Aileniz durumunuzdan haberdar. Buna karşılık onlara ulaşmaya çalışmanızdan rahatsızlar. Babanız sizi evlatlıktan reddetme talebinde bulundu. Yani şu saatten sonra ailenizi rahatsız edecek her girişiminiz suç niteliği taşıyacaktır..." sözleri beni yıkmıştı. O ziyaretçi salonunun kocaman bir kara deliğe dönüşüp beni yutmasını isterdim. Çünkü kahrolmam yetmiyordu, yok olmalıydım... Buraya girdiğim günden beri hücrede olduğumu, gece yarıları soğuk su kovalarıyla uyandırıldığımı, işlemediğim ve hatta zerre kadar bilgimin dahi olmadığı olaylar hakkında sorguya çekildiğimi söylemedim. Çekilmiş iki tırnağın yüz çevirmiş bir baba kadar acıtmadığından bahsetmedim bile...

Olanları kabaca anlatmaya çalışıp hiçbir şekilde suçumun olmadığını söyledim avukata. En azından bu söylediğimi babama iletmesi için yalvardım. Onun gururunu incitecek ve başını eğdirecek bir kabahat işlemediğimi bilmesini istedim... Daha birkaç ay önce evlenmeyi hayal ettiğim kızla Kuğulu Park'ta yan yana oturmuş sohbet ediyorduk. Ama şimdi dört duvar arasında ıssız ve yapayalnızdım... İlk duruşmada serbest kalamayınca merak etmesin diye Sibel'e de kısa bir mektup yolladım. Ailesinin benden dolayı ona baskı yapmasından çekinerek olanları etraflıca anlatmamıştım. Okul bahçesinde başlayan olaylarda onu gördüğümü ve korumak için yanına gitmeye çalıştığımı ancak hengâmede ona ulaşamadığımı özetledim. Siyasi olaylarla bağlantımın olmadığını en iyi onun bildiğini, yersiz suçlamalarla tutuklandığımı ve yakında görüşmeyi ümit ettiğimi yazmıştım. Üzerinden aylar geçmesine rağmen ne mektubuma cevap geldi ne de Sibel beni ziyaret etti. Mektubumun ona ulaştığını zannetmiyordum. Zira sevdiğim ve bu hale düşmemin asıl sebebi olan kızın yanıma gelmenin bir yolunu mutlaka bulacağına inanıyordum... Tam iki yıl gözledim yolunu. Bu süreçte bir defa annem gelmişti ziyaretime gizlice. Dedemler vefat ettikten sonra boş kalan köy evinin anahtarını ve bir miktar parayı bana getirmişti. Babam beni görmek istemediği için oraya gidip başımın çaresine bakmamı söylemişti. İkinci yılın sonunda suçsuzluğum anlaşılınca tahliye oldum. O kargaşa yıllarının yarattığı onca haksızlığa, acıya ve o süreçte yaşadıklarıma detaylıca değinmeyeceğim... Hayatının iki yılı çalınmış ve ailesini kaybetmiş bir adam olarak çıkmıştım içeriden.

Telafi edebileceğim, düzeltebileceğim veyahut yeniden deneyebileceğim bir şey değildi yaşadıklarım. Yanmış bir kâğıttan geriye kalan simsiyah kül gibiydi ömrümün son iki yılı. Tutmaya çalıştıkça paramparça oluyor, avuçlarımda dağılıyordu... Tek gayem bir an evvel Sibel'i bulmaktı. Bunca zamandır ona ulaşmaya çalıştığımı, bunun için her yolu denediğimi ve onu çıldırasıya özlediğimi söylemek istiyordum. Belki de aklımı yitirmeme engel olan ve sabretmemi sağlayan tek dayanağım Sibel'e olan sevgimdi. Sonunda kavuşmamıza hiçbir engel kalmayınca onu aramaya başladım... Velhasıl çok meşakkatli de olsa Sibel'in izini bulmayı başardım. Ne yazık ki onun da benim yolumu gözlediğini söyleyemiyorum. Hatta beni çoktan unutmuştu... Son sınıftayken yeni bir ilişkiye başladığını, okul biter bitmez de onunla evlendiğini öğrendiğimde dünyam yıkıldı. Benim hayalimi bir başkasıyla yaşıyordu. Senaryosunu kendi yazdığım bir filmi izler gibiydim ama bu bana mutluluk değil, keder veriyordu... Okulum yarım kalmış, ailem beni reddetmiş ve uğruna bunca eziyete göğüs gerdiğim kadın bir başkasıyla evlenmişti. Aklımdan sayısız düşünce geçiyordu. Sibel'i tutup götürmek... Duyduğum öfkeyle Sibel'i incitmek... Hissettiğim acıyla kendime zarar vermek... Ama ne ağladım ne de öfkeyle aklımdan geçen düşüncelere kapılıp Sibel'i bulmaya çalıştım. Beni hayatından tam anlamıyla çıkaran birinden bunun hesabını sormaya çalışmak âcizlikten başka bir şey değildi. Neden terk edildiğimi bile sormak istemiyordum. Maalesef yaşadığım bütün acıların sorumlusu kendimden başkası değildi. Hayat, kulak çekerek değil; eşek sudan gelene kadar döverek öğretiyordu bunu... Benim hiç sevindiğim bir kaybım olmadı. "Oh be kurtuldum. Zaten değmezdi" diyemedim kimsenin ardından. Her giden bir cenaze bıraktı içimde, bir yara açtı, bir parça çaldı... Mükemmel biri olduğum için değil... Sadece kolay inanan, çabuk seven ama zor vazgeçen bir kalbim var. Hepsi bu...

İnsan sonunun nereye varacağını hiç düşünmeden bazı hataları bile bile yapmaktan kendini alıkoyamaz. Kötü bir şey olmasına izin vermeyeceğini düşünür, kontrolün hep kendinde olacağını zanneder ya da o hatanın doğuracağı sonuçlardan kendini daha güçlü, daha büyük görür. Ama ne yazık ki hiçbir şey planladığımız gibi olmaz. Sibel de benim sonunu asla kestiremediğim ve karşılığında sahip olduğum her şeyi kaybettiğim muhteşem bir hataydı... Hayata dair herhangi bir planım ya da gelecekten zerre kadar bir beklentim kalmamıştı. Beni daha ne kadar hırpalayabilirdi ki kader? Duyduğum ıstıraptan daha derin bir acının var olabileceğini sanmıyordum. En büyük yanılgım da buymuş meğer...

"Allah, er ya da geç herkesin gönlüne göre veriyor.
Ve inan ki hiç kimse ettiğiyle kalmıyor.
Yani yüreğini ferah tut, sonunda her şey
olacağına varıyor..."

VII. Bölüm

Mutlaka her şeyin daha fazlası var, acının da öyle... Annemin verdiği köy evinin anahtarı boğulmak üzereyken son anda boynuma atılan can simidi gibi olmuştu. Bir daha dönmemek üzere ayrıldığım Ankara'ya bir otobüs camından son kez bakıyordum... Yaptığım hiçbir hatadan dolayı pişman değildim. Çünkü başıma gelenler talihsizliğimin değil, kendi irademle yaptığım yanlış tercihlerin sonucuydu. Bu yüzden kimseye suç atamıyordum, kızamıyordum... Bana nefes almayı öğreten kişi hayatımı elimden alan kişi olmuştu.

Neredeyse yarım günlük bir yolculuğun ardından bambaşka bir şehre indiğimde hava yeni aydınlanıyordu. Yıldızların henüz kaybolmadığı serin bir bahar sabahı olduğunu anımsıyorum. Otobüsten inerken uçsuz bucaksız bir nehre kapılmış kâğıttan bir gemiye benzetiyordum kendimi. Ne batıyordum, ne akıntıdan kurtulabiliyordum, ne de bir yere varabiliyordum... Sürüklenip durmanın dışında elimden başka hiçbir şeyin gelmediğini kabullenmekten başka çarem de yoktu. Her neyse... Gideceğim köye sefer yapan minibüs yazıhanesinde beklerken vakit öğleyi yeni geçmişti ve nihayet akşam olmadan hareket ettik. Hayatımda ilk defa toprak bir yoldan geçiyordum. Aslında daha önce değil Ankara'nın dışına çıkmak, oturduğumuz mahallenin bile sınırlarını aşmamıştım. Bilmediğim bir yere hiç tanımadığım insanlarla gitmek belki heyecan verici olmalıydı ya da endişe duymalıydım bu koşullarda. Ama yaşadıklarım bedeni nerede olursa olsun ruhu tamamen geçmişte kalan bir adama çevirmişti beni. Bu durumun ölümden iyi tarafı hâlâ nefes alabiliyor olmaktı, kötü yanıysa kalbimdeki acının bir saniye bile dinmemesiydi... Yol boyunca yabancısı olduğum bu yeni coğrafyayı seyrederek kafamı meşgul eden düşüncelerden kurtulmaya çalışıyordum. Sarsıntısı bir an bile kesilmeden iki saat süren o minibüs yolculuğunda bir daha hiçbir şeyin eskisi gibi olmayacağını sonuna kadar hissetmiştim. Köye ulaşınca birilerine sorduktan sonra sığınağım olacak evi nihayet bulmuştum. Yıllardır içinde yaşayan kimse olmamasına rağmen sanki ev sahipleri bir yere misafirliğe gitmiş de her an gelecekmişçesine düzenliydi her taraf. Bir köşeye oturup saatlerce hiç kıpırdamadan öylece kaldım. Kalbim karmakarışık duygular içindeydi. Bir yanım kahkaha atmak istiyordu, bir yanım duvarları yumruklamak, bir yanımsa bağıra çağıra ağlamak... Yanlış hatırlamıyorsam bunların hepsi sırayla gerçekleşti. Bir ara çıldırmaya başladığımı bile düşündüm. Ama çıldırmak o kadar kolay değildi. Asıl mesele kaybettiğim her şeyin acısına sonsuza dek katlanmak zorundaydım. Eğer seçme şansım olsaydı delirmeyi ve her şeyi unutmayı yeğlerdim. O zaman anladım ki bazı durumlarda delirmek insanı hayatta tutan bir armağan olabilirdi. Maalesef ben delirecek kadar şanslı biri değildim!

Kapının vurulma sesiyle gözlerimi aralarken olduğum yerde sızıp kaldığımı fark ettim ve çoktan sabah olmuştu. Belirli boşluklarla ve ısrarla çalan kapıyı açtığımda orta yaşlarda, temiz giyimli, siyah saçlı, gür bıyıklı bir adam karşımda duruyordu... Muhtar olduğunu öğrendiğim bu adamın baştan aşağı merakla beni süzüşünden anladığım kadarıyla kim olduğumdan emin olmak için buraya gelmişti. Ayaküstü yapılmış kısa bir tanışmanın ardından bir şeye ihtiyacım olursa onu köy kahvesinde bulabileceğimi söyleyip gitti. Köyde çalışmaya ihtiyaç duyacağımı hiç sanmıyordum. Lakin hayatın mekanizması öylesine karmaşıktı ki daha önce yapmış olduğunuz önemsiz eylemler gelecekteki büyük hareketlerin tetikleyicisi oluyordu. Tıpkı Sibel'e karşı hissettiğim o masum ve şefkatli duygunun ileride hayatımı cehenneme çevirip şimdi içinde olduğum bu köye gelmeme sebep olduğu gibi...

Buraya geleli günler olmuştu ama bir kere bile dışarı çıkmamıştım. Kendimi karantinaya alınmış ölümcül virüs taşıyan bir yaratık gibi hissediyordum. Bu durumun bir hücrede tek başına yaşamaktan hiçbir farkı yoktu. Hâlâ yalnızdım, hâlâ gün yüzü görmüyor ve hâlâ olabildiğince acı çekiyordum. Köye gelirken yanıma aldığım erzak tükenince önce bakkala, sonra da kahveye uğramaya başladım. Ancak annemin cezaevine ziyaretime geldiğinde bıraktığı para da giderek suyunu çekiyordu. Böylece bir şekilde kendi hayatımı kazanmaya başlamam gerektiğini anlamıştım. Çünkü hayat devam ediyorken bir salyangoz gibi kabuğuna çekilip saklanamazsın. Bazen sürünerek de olsa yol alman gerekir. İşte ben de tam o noktadaydım... Köye yerleşeli hayli zaman olmasına rağmen doğru dürüst konuşabildiğim kimse yoktu. Hayatımla ilgili her şeyi bilmelerini istemiyordum tabii ki. Suçsuzluğum ispatlanmış olsa dahi siyasi bir suçtan dolayı hüküm giymiş olmamın burada hoş karşılanmayacağından emindim. Bu sebeple kendini herkesten soyutlayıp karanlığa mahkûm etmiş bir cüzamlı gibi içten içe çürüyordum. Ayrıca kimseyle yakınlaşmak gibi bir arzum da yoktu. Bütün bu ıstıraplara kendimi yakın hissettiğim insanların sebep olması ne kadar da acı bir durum. İçinde bulunduğum kargaşadan ve kendi içimde yaşadığım bunalımdan beni sıyırıp çıkaran okuduğum kitaplardı. Ama ne yazık ki burada değil bir kitap, herhangi bir gazete dahi bulmak imkânsızdı. Bunun için haftada iki gün şehir merkezine giden minibüsle saatlerce yolculuk etmek gerekiyordu. Ancak bunu daha kolay ve ucuz yoldan halletmeliydim. Muhtarın daha önce bir ihtiyacım olması halinde ona ulaşabileceğimi söylediğini hatırladım ve öyle yaptım. Şehre gitmek yerine şehre giden birine kitap ısmarlamak daha mantıklı bir seçenekti. Muhtar, o günün akşamında neredeyse her gün şehre giden manifaturacı Remzi'yle tanışmamı sağladı. Remzi, oldukça genç görünse de benden birkaç yaş büyük ve ona ağabey diye hitap etmemi istemeyen bir adamdı. Bu küçük tanışma aslında kurabildiğim en samimi arkadaşlığın da başlangıcı olmuştu. Ertesi akşam çarşıdan dönen Remzi ısmarladıklarımı eksiksiz getirmişti. En çok da istediğim kitabı bulmuş olmasına sevinmiştim.

Minibüsten indiği gibi yanıma gelmişti...

"Selamünaleyküm" dedi.

"Aleykümselam" dedim. "Sana çok zahmet oldu, hakkını helal et Remzi Ağabey..."

"Ağabey deyince daha büyük zahmet oluyor Selim kardeş" diyerek şakayla karışık ona ağabey dememi istemediğini tekrar hatırlattı. "Kumanya işi mühim değil de bu kitap meselesi meşakkatli oldu biraz. Mektep kitabı da değilmiş, o yüzden pek bulunmazmış. Neyse ki komşu esnafın oğlu bilirmiş böyle kitapların satıldığı yeri. Bir koşu alıp geldi sağ olsun" dedi.

Konuştukça konuşuyor, uzattıkça uzatıyordu. Altı üstü bir kitaptı, almasa da olurdu. O konuştukça ben yoruluyordum. O zaman anladım ki insanlara karşı sevecenliğini kaybedince nazlarını da çekemiyordu insan...

"Kusura bakma uğraştırdım o kadar. Bir dahaki sefer kendim hallederim..." diye kestirip atarak konuşmayı bitirmeyi denedim.

"Gücenme Selim'im" dedi. "Cahilliğime ver, ilkokulu bitirdiğimden beridir hayatımda ilk defa bir kitap almışım. Hoşuma da gitti doğrusu. İpin kelebi, basmanın topu ne kadar diye sorsan hemen söylerim. Ama niyedir bilmem, bu kitap işi çok çocuklaştırdı beni. Bak, heveslenip bir tane de kendime aldım aynısından..." dediği an sanki kusursuz bir güzelliği keşfetmişçesine heyecanlandığımı hissettim. Belki de aldığı kitabı hiç okumayacaktı ama en azından bambaşka bir dünyaya açılmak için artık bir fırsatı vardı... O kısa konuşmanın sonunda Remzi'nin samimiyetini gözlerinden okuyabilmiştim. Bundan sonra her konuda bana yardımcı olabileceğini ve şehirden ne istersem seve seve getirebileceğini söylediğinde tarifsiz bir şekilde rahatlamıştım. Çünkü ezile büzüle birilerine minnet etmek, onlardan yardım istemek benim rahatlıkla yapabileceğim bir şey değildi. O günden sonra Remzi her konuda konuşabildiğim tek kişi olmuş ve aramızda ummadığım bir dostluk başlamıştı. Fakat başımdan geçenleri ona anlatmayı asla düşünmedim. Unutmak istediğim bir maziden yeni birilerinin daha haberdar olmasını istemiyordum.

Çok geçmeden dedemden anneme bir de tarla kaldığını öğrenmiştim. Tamamen yabani otlara teslim olmuş, kimselerin uğramadığı, köyle arası uzak sayılacak mesafede ve ortasında yıkılmaya yüz tutmuş bir de su kuyusu olan üç dönümlük verimsiz bir araziydi. İlk gördüğümde adam edebileceğimi sansam da sonradan hevesim kırıldı ve uğraşmaya değmeyeceğine karar verdim. İleride benim için paha biçilmez bir yer olacağını o zamanlar bilmiyordum...

Bir sabah uyandığımda dış kapının yarısına kadar yükselmiş ve hâlâ da yükselmeye devam eden beyaz örtüyü gördüğümde unuttuğum bir kıpırtıyı yeniden hissettim. Sanki büyülü bir geçitten geçer gibi yürüdüğüm Tunalı canlandı gözlerimde. Kuğulu Park'ta lapa lapa yağan karın altında otururken Sibel'in göğsüme yaslanmış başını şefkatle okşadığım an geldi aklıma... Kavaklıdere Sineması'nda Sibel'e iyice sokulduğumda dizlerimde duyduğum ama kontrol edemediğim o tuhaf sarsıntıyı anımsadım, sonra da beni ilk kez öptüğü o kütüphane salonunu... Yaşandığı zaman muazzam duygular veren bazı anılar, o duyguları kaybettiğimizde bastırılması mümkün olmayan üzüntülere dönüşüyor. Çünkü yokluğu kabullenilmemiş her şey insanı acıtmaya devam eder...

Kalbim, bir hallacın elinde oradan oraya savrulan pamuk parçaları gibi olmuştu pencereden dışarıya bakarken. Sonraki günlerde bununla başa çıkmayı da öğrenmiştim. Daha önce de öğrenmek ve alışmak zorunda kaldığım birçok şey gibi... Hayatım boyunca geçirdiğim en şiddetli ve en uzun süren kışın son günleriydi artık. Yalnızca yüksek dağların zirveleri karla kaplı görünüyordu. Ancak sert geçen kış ve fazla yağan kar ahşap çatıların çoğuna zarar vermişti. Ne yazık ki yaşadığım evin çatısı da bunlardan biriydi. Böyle bir durumda bütün çatının elden geçmesi gerektiğini söylüyorlardı. Dostum Remzi sayesinde kasabadan ısmarladığım birkaç alet yardımıyla çatıyı hiç bozmadan kırılan kirişi çıkarıp yenisiyle değiştirmeyi başarmıştım. Oldukça basit bu yöntem karşısında hayranlıkla beni takdir ettiler. Bu durumun nasıl hoşuma gittiğini anlatamam. Hayatımda ilk defa yaptığım bir şeyin takdir görmesinden dolayı oldukça gururlanmıştım. Böylelikle ufak da olsa para kazanabileceğim bir zanaatım olduğunu insanlara göstermiş oldum. Sanki gizli güçlerimi açığa çıkarabilmem için bu kadar yıkıcı geçmişti kış. Sanki ilahi bir el karşılaştığım güçlükleri fırsata çeviriyordu. Belki de ben öyle olmasını kalpten istiyordum. İnsan, küçük parıltılara aldanıp geleceğin hep aydınlık olacağı yanılgısına düşmemeliymiş meğer. Çünkü hayat her zaman çiçekler sunmazmış insana. Çok uzun süre güneş gördüyse bahçelerin, fırtınaya hazır olmalıymışsın. Bunu öğrenmek için bütün yaşadıklarımdan çok daha ağır bir bedel ödeyeceğimi nereden bilebilirdim ki?

"Önce kendine güvenmeli insan...
Çünkü kimse sihirli bir değnekle
dokunmayacak hayatına, kimse senin için dağları
delmeyecek ya da çöllere düşmeyecek...
Hiç kimse, hayalini kurduğun şeyleri kırmızı
bir kurdeleye sarıp armağan etmeyecek sana.
Hayatında güzel bir şeyler olsun istiyorsan
önce kendi elini koymalısın yolunun ortasındaki
taşların altına!
Ne demişler, tırnağın varsa başını kaşı..."

VIII. Bölüm

Güzel bir haziran günüydü... Remzi'yle bir ağaç gölgesinde oturmuş sohbet ediyorduk. Az ötemizden birkaç yaramaz çocuğun kovaladığı genç bir kadın koşar adımlarla çıkıverdi karşımıza. Çocuklardan on, on iki yaşlarındaki en büyük olanı sopanın ucuna geçirdiği ölü bir yılanla kadının üzerine gidiyor, zavallı kadının korkudan sesi bile çıkmıyordu. Bütün bunlar herkesin gözü önünde yaşanmasına rağmen kimse çocuklara müdahale etmiyordu. Tam o tarafa doğru yönelecektim ki Remzi sırtıma dokunup karışmamam için beni uyardı.

"Baksana ne yapıyorlar kadına? Neden yardımcı olmuyoruz, yazık değil mi?" diye sordum şaşkınlıkla.

"Öndeki çocuk Reşit Ağa'nın tek torunu Kerim" diye mırıldandı küfrederek. "Zaten birazdan sıkılır veletler. Reşit Ağa'yla yüz göz olmaya değmez Deli Kız yüzünden."

"Yani kız deli mi? Böylesi daha fena ya Remzi!"

"Yahu amma da uzattın be kardeşim! Burada ona Deli Kız derler. Gerçek adı Leyla ama bunu bile eskiler bilir sadece. Onlar da kullanmaz zaten. Dilsiz Deli Kız'dır o, herkes de öyle der. Belki de kendisi bile bilmiyordur adını. Sen de o kadar dert etme!"

"Dilsiz mi sahiden?"

"Küçükken ne olduysa dili tutulmuş kızcağızın. Babası Almancı. Ben de tanımam babasını, hiç gelmez buralara. Annesi bunu doğururken ölmüş zaten. Babaannesinin yanında büyüdü. O da ölünce büsbütün kimsesiz kaldı. Bakma deli dediklerine, deli falan değil! Derdini anlatamıyor diye deli demişler bir kere, öyle de kalmış. Anlayacağın, kimsesizlikten başka bir kusuru yok garibin..."

Remzi'nin anlattıklarını yüreğim burkularak dinledim. Uzun zaman sonra kendi kederimi unutup başkasının adına üzülmüştüm. Yeryüzü iyi ve kötü insanlarla dolu, ortası yok! Kötülük etmese bile bir kötülüğe mâni olmayan insana da iyi denmezdi nihayetinde. O kadına yardım etmediğim için nasıl bir pişmanlık duyduğumu anlatamam. Ben de bu fenalığa dahil olmuştum istemeden. Böylece hayatımın seyrini yeniden değiştirecek insanları tanıdığımın farkında bile değilmişim... Bu olayın üzerinden aylar geçmiş, Remzi'nin çekinerek bahsettiği Reşit Ağa'yı bir süre sonra ben de tanımıştım. Reşit Ağa'yı kimse sevmiyordu. Bencilliğin, kibrin, görgüsüzlüğün ve merhametsizliğin yeryüzünde vücut bulmuş haliydi adeta. Etrafındaki insanlara musallat olmuş illet bir hastalık gibiydi. Tarlasında çalışan işçilere hakkından daha az ücret öder, ücretini ödediği her işçiye onları satın almışçasına hakaretlerle iş yaptırır, köylüyü kendine borçlandırır, borcun vadesini bir gün bile ertelemezdi. Parası olmayanın elinde avucunda ne varsa gözünü bile kırpmadan alırdı. Bu öyle bir tezgâhtı ki ödediği işçilik ücretleri bile dönüp dolaşıp yine onun cebinde toplanıyor, köylüyü borçlandırıp kendine gebe bırakıyordu. Böylece insanlar ona sevgiden değil, mecburiyetten hürmet ediyordu. Ama Allah dağına göre kar veriyor... Reşit Ağa'nın otuzlu yaşlardaki aylak oğlu Cemil'in tam bir serseri olduğundan bahsediyordu herkes. Konağın tek erkek çocuğu olmanın şımarıklığıyla büyüyen, her hatası hoş görülen, her suçunun üzeri kapatılan sorumsuz biriymiş. Birkaç ay evvel bir sopaya geçirdiği yılanla Deli Kız'ın peşinde koştururken kahkaha attıkça daha da çirkinleşen o sevimsiz çocuğun babasının Cemil olduğunu öğrendiğimde hiç şaşırmamıştım. İkisinin de aynı terbiyeyle yetiştirildiği çok belliydi...

Yaşadıklarımdan kaçmak için bu köye geleli neredeyse iki yıl olacaktı. Ancak tek bir gün bile geçmişimden kurtulabildiğimi söyleyemem. Ne uğradığım haksızlığı unutabiliyordum ne de bir haksızlık uğruna kaybettiklerimi... Okulum, ailem, sevdiğim kız... Beynimin en mahrem yerlerinde kendimden bile gizleyerek yitirdiklerimi düşünüyordum. İnsan, duygularından bir çırpıda kurtulamıyor ne yazık ki! Öyle acılar oluyor ki o acıyı en derinine kadar yaşayıp iyice özümsemeden dindiremiyorsun. Ben de hâlâ acımı özümsemeye çalışıyordum; ta ki üç ay sonrasına, yani 1984 yılının o muhteşem Kasım'ına kadar... Bir pazar günü Remzi'yle kahvede sohbet ediyor, bir yandan da Remzi'nin benim için temin etmesini istediğim kitabın adını not ediyordum. Bağırıp çağıran Reşit Ağa'nın sesi duyuldu bir anda. Hemen ardından kendisi de görünmüştü, önünde de Deli Kız yürüyordu. Hakaretlerin hepsini kıza savuruyor, onu kalabalığın görebileceği yere ite kaka sürüklüyordu.

"Bakın hele!" diye bağırdı Reşit Ağa. "Bu uğursuz deli benim konağımdan yumurta çalarken görülmüş. Bundan böyle bu hırsıza yardım edenin benimle dostluğu yok demektir. Böyle biline! Görsün bakalım benim malımı çalmak ne demekmiş!"

Reşit Ağa köylüye aba altından sopa gösterirken zavallı kızcağız perişan bir haldeydi. Hakkında söylenenleri yalanlarcasına başını sağa sola sallıyor, bir yandan da gözyaşlarını avuç içiyle silmeye çalışıyordu. Kendini aklamaya gayret eden o korkmuş bakışları nerede olsa tanırdım, masum olduğunu anlamak hiç de zor değildi. Buna rağmen kimse bu haksızlığa itiraz etmiyordu. Haksız yere her şeyini kaybetmiş biri olarak bu duruma ben de sessiz kalsaydım kendimden sonsuza dek nefret edebilirdim...

"Kim görmüş hırsızlık yaptığını?" diye sordum ağaya...

"Ben yalan mı söylüyorum aslanım?" dedi ve kibirli bakışlarını üzerime dikip devam etti. "Misafir sayılırsın daha! Sen anlamazsın küçük yerlerin örfünden terbiyesinden... Burası Ankara değil, bilmediğin işlere karışma!"

Bunları söylerken at kılından yapılmış bir kamçıyla Deli Kız'ı dürtüyordu. Henüz hırsını alamadığı, bakışlarındaki insani olmayan ifadeden belliydi. Bu duruma seyirci kalan insanların tersine, ben Reşit Ağa denilen o zorba adamdan korkmuyordum. Bunu fark ettiğinde konuyu daha fazla uzatmadan gitti. Onun karşısında durmamın diğer insanlara cesaret vermesinden korkuyordu. Çünkü o da her zorba gibi cesaretini ondan çekinen insanların korkaklığından alıyordu. Reşit Ağa'yla çok yakında yeniden karşılaşacağımızdan hiç şüphem yoktu, öyle de oldu...

Kimin Deli Kız'a selam verdiğini işitse hemen onun burnunun dibinde bitiyor, alacağı varsa bir an evvel ödemesi için diretiyordu. Yine bir gün kahvehaneye gelmiş sözünden çıkanlara diş gösteriyordu. "Sen bu gariple sahiden uğraşacaksın öyle mi?" diye sordum. Sinirlendikçe kararan merhametsiz suratını bana çevirdiğinde gür kaşları bir hücum mangası gibi üzerime doğru çatıldı. Tıpkı köşeye sıkışınca kabarıp palazlanan bir hindi edasıyla ürkütücü görünmeye çalışıyordu.

"Sen kim oluyorsun ulan?" diyerek celallendi. "Bak hele... Buralar geldiğin yerlere benzemez delikanlı. Taş yerinde ağırdır ama sen buraların taşı da toprağı da değilsin" dedi.

Bu tehditkâr sözcükler bir hastalığın tedavi şekli gibi geliyordu kulağa. Çünkü bazı hastalıkları yalnızca ölüm iyileştirebilirdi. Kalbimin derinliklerindeki kırıklar için başka bir tedavi şeklinin mümkün olmadığını biliyordum zaten... Aklımdan bunlar geçerken "Sana burada ağa diyorlar" dedim. "Kimsesiz bir kızla uğraşmak yakışır mı? Sadece sana değil, bir kadınla uğraşmak yeryüzündeki hiçbir erkeğe yakışmaz!"

"Sana ne oğlum? Sen hâkimlik yapmaya mı geldin bu köye? Derdi sana düştüyse nikâhına al bu deliyi! Ya da benim ayağıma bağ olma, yoksa ezerim seni!"

Her ne olduysa işte tam o sırada oldu. Neden, nasıl olduğunu bile anlamadan "Alırım..." diye bir cümle çıkıverdi ağzımdan. Herkes şaşkınlıkla yüzüme bakıyordu. Tek dostum Remzi'nin de yüzü kireç gibiydi. Birden Reşit Ağa bir kahkaha patlattı. Yanından hiç ayrılmayan adamları da bıyık altından sırıtıyordu.

"Söz ağızdan çıktı..." dedi ve devam etti. "Madem bizim deliyi alacaksın, o zaman benim de başkasının karısıyla işim olmaz!" deyip ellerini arkasında birleştirdi ve arkasını dönüp gülerek yanımızdan ayrıldı.

O gece Remzi'yle saatlerce konuştuk. Bunu yapmak zorunda olmadığımı, nihayetinde Deli Kız'ın bu tür tartaklanmalara alışkın olduğunu söyledi. Sevdiği her şeyi çoktan kaybetmiş biri daha fazla ne kaybedebilir diye düşündüm. Sahiden de kaybetmemek uğruna savaşabileceğim hiçbir şeyim kalmamıştı elimde. Belki de ilk defa yaptığım bir şey birini mutlu edecekti. Benim kaybedecek bir şeyim yoktu. Ama Deli Kız, hem Reşit Ağa'nın zorbalığından hem de onun sevimsiz torununun haşereliğinden kurtulacaktı... Sonraki gün Remzi'nin karısı Mualla, Deli Kız'la bu konuyu konuşmuş. İlk başta rıza göstermeyince Mualla onu ikna etmek zorunda kalmış, sonunda kızın aklına yatınca kabul etmiş. Aşk evliliğine inanan biri olarak bundan beş yıl önce böyle bir karar vereceğimi rüyamda görsem inanmazdım. Çünkü gençliğimin en güzel yıllarını, duyduğum derin bir aşk uğruna heba etmiştim. Şimdiyse geleceğimi hiçbir şey hissetmediğim biri için feda etmek üzereydim. Bu durum hayattan bir beklentimin kalmadığının ve aşka olan bütün inancımı yitirdiğimin ispatıydı...

Meğer hayatın çok farklı bir işleyiş biçimi varmış. Bazı kayıplar paha biçilmez kazançlarmış, bazı kazançlarsa görünmeyen kaybedişlerden başka bir şey değilmiş... Geçmişte yaşadığım aşkın da acının da ileride yaşayacaklarımın yanında devede kulak kalacağını nereden bilebilirdim ki?

"Hayatımın hiçbir bölümünde kimsenin
beni sırtında taşımasını beklemedim.
Gökyüzünü avuçlarıma bırakmasını da istemedim
kimseden, dağları ayaklarıma sermesini de...
Oysa sıcak bir tebessüm kadar kolaydı her şey
ya da kuru bir 'Korkma, ben varım!
cümlesi kadar sıradan...

Değer verdiğim ve derin anlamlar yüklediğim hiç
kimseyi imkânsız beklentiler uğruna zorlamadım asla!
Basit şeyler için kırıldığım her hikâyenin sonunda
'Ben sana ne yaptım?' savunması vardı. Fakat biri için
hiçbir şey yapmamanın ona kötülük yapmaktan bir farkı
olmadığını da anlayamadılar. Oysa sıradan birilerinin
kötülükleriyle değil, kendisi için özel olan kişilerin
umursamazlığıyla incinir insan..."

IX. Bölüm

Geleceğe yönelik kararlı planlar yapabilirsin, imkânsız hayaller de kurabilirsin... Hatta ne olursa olsun asla çiğnemeyeceğini söylediğin kuralların da olabilir. Yine de hayatın sürprizlerine her zaman hazırlıklı olmalı insan ve asla büyük laflar etmemeli... Çünkü bazen düşlediğin gibi gitmiyor ve koşullar insanı öyle bir çıkmaza sokuyor ki asla yapmayacağını sandığın şeyler kaderin oluveriyor. Hayatta her şey mümkün... Tıpkı bir zamanlar Kızılay'da Sibel'le kol kola gezerek hayaller kurarken şimdi hayatımdaki yerinin neresi olduğunu bilmediğim bir kadınla evlenmiş olmam gibi... Yaz çıkmadan Deli Kız'la birlikte şehre gidip nikâhımızı kıydık. O zaman kendimi ne kadar tuhaf hissettiğimi anlatabilmem mümkün değil, bunu asla başaramam. Reşit Ağa'nın zorbalığından ve onun terbiyeden yoksun torununun eziyetlerinden kurtulması için Deli Kız'la evlenmiştim. Düşündükçe aceleci davrandığımı ve aptalca bir karar verdiğimi kabul ediyordum. Karşılıklı tek kelime bile edemediğim ve nasıl iletişim kuracağımı bilmediğim bir kadınla aynı evde yaşamak zorundaydım artık. Hatta bazı zamanlar onunla aynı evde yaşamaktan korkmuyordum desem yalan olur. Gözlerinin içine dahi bakmaya cesaretim yoktu. Aslında bütün bunların onun için de pek kolay olmadığının farkındaydım. Bu yüzden onunla çok sık karşılaşmamak için sabahın köründe evden çıkıp gecenin yarısında geri dönüyordum. Ancak düzenimizin bu şekilde devam etmesi imkânsızdı. Bu yüzden kızı karşıma alıp konuşmam gerekiyordu. Gece yarısı eve geldiğimde uyumamıştı. Kapıdan içeri girdiğimde sofra kurmaya yöneldi. Ona nasıl hitap etmem gerektiğini bile bilmiyordum. "Baksana..." dedim bir an. Durdu ve bana döndü. Yemek yemeyeceğimi, sadece biraz konuşmak istediğimi söyledim. Elindeki tabağı bırakmadan hemen karşıma gelip dizlerinin üzerine oturdu. Onunla ilk defa bu kadar ciddi ve uzun süreli göz göze geliyorduk. "Beni anlayabiliyor musun?" diye sordum. Başını sallayarak onayladı. Kahverengi gözlerinde nedenini bilmediğim bir korku vardı. Dizlerinin üzerinde sıkıca birleştirdiği parmaklarıyla oynuyordu... "Peki, neden evlendiğimizi biliyorsun değil mi?" diye sordum bu defa, yine evet anlamında başını salladı. "Bundan sonra aynı evde yaşayacağız. Bu yüzden bazı konularda anlaşmamız gerekiyor. Sen yataklı odada uyumaya devam edersin, şu küçük odayı da yarın kendime ayarlarım. Yani ev arkadaşlığı yapan iki kişiyiz seninle. Hepsi o kadar! Bu durum ikimizin arasında kalır, vakti geldiğinde de ayrılırız. Oldu mu?" dedim.

Söylediğim her şeyi yine onayladı. Zaten ne söylesem kabul ediyor, hiçbir şeye karşı çıkmıyordu. Hatta bir hayaletle yaşıyormuşum hissine kapılıyordum bazen. Ne geldiğini anlayabiliyordum ne de gittiğini... İlk bir ay boyunca birbirimizi tanımaya, birbirimize güvenmeye ve birbirimizi anlamaya çalıştık. İlk günler Deli Kız'dan çekindiğimden bahsetmiştim. Ancak geçen bir ay içerisinde bunun ne kadar yersiz bir duygu olduğunu anladım. Ondan herhangi bir canlıya zarar gelmesi imkânsızdı. Çalıkuşlarını onun avucundan ekmek kırıntısı yerken gördüğümde şaşkınlıktan ne yapacağımı bilemedim. Bu, hayatımda ilk defa şahit olduğum bir manzaraydı ve beni derinden etkilemeye yetmişti. Kuşların bile güvenerek konduğu bir insanın elinden nasıl bir kötülük gelebilirdi ki? O günden sonra ona olan güvensizliğim tamamen kayboldu ve en ufak bir tedirginliğim dahi kalmadı. Sevdiklerimden aldığım darbelerin sonunda insanlara güvenebilme duygumu yitireli çok olmuştu. Ancak Deli Kız sayesinde küçük de olsa bir umut filizlenmişti içimde. Onunla aynı evde iki yabancı ya da iki arkadaş gibi olduğumuzdan kimselere söz etmedim. Zaten manifaturacı Remzi'den başka özel konuları konuşacak kadar yakınlık kurduğum kimseciklar yoktu. Ayrıca bu evliliğin nedenini o da çok iyi bildiğinden mevzubahis etmiyordu. Remzi tahsilli biri olmadığından mevzubahis etmiyordu. Remzi tahsilli biri olmamasına karşın şehirde ticaretle uğraştığından bu köydeki en kültürlü kişi sayılırdı. İnsanlarla sürekli ilişki içinde olması onu çoğu konuda yeterince geliştirmişti. Diğerlerine göre daha anlayışlı, daha düzgün konuşan, sır tutabilen ve ikili ilişkilerine özen gösteren bir adamdı. Şehirden yeni kitaplar ısmarlarken Deli Kız için en güzellerinden elbiselik kumaş da istedim Remzi'den. İlk defa onun sattığı bir şeyi ısmarlamıştım ve hoşuna gitti. "Aşkolsun bizim kıza" dedi gülerek. "İstediğin bir şeyi ilk defa kendi dükkânımdan alacağım. Hem de en güzelinden seçerim merak etme Selim'im!" dedi ve ertesi akşam da getirdi.

Gazete kâğıdına sıkıca sarılarak paketlenmiş kumaşı Deli Kız'a uzatırken yüzünde beliren mutlulukla şaşkınlık arasındaki o ifadeyi anlatamam. Mutlu olmak isterken olamıyor gibiydi. Belki ilk defa birisi ona bir hediye veriyordu. Belki de daha önce ona hediye veren başka birini hatırlamasına neden olmuştum. Nedendir bilmem ama o an içinden neler geçirdiğini çok merak etmiştim. Yine de nasıl hissettiğini sormadım. Çünkü ne o benim dilimi konuşabiliyordu ne de ben onun dilinden anlıyordum. Paketi aldıktan sonra gözlerini kırparak başını hafifçe eğdi. Anladığım kadarıyla bu hareket teşekkür etmek anlamına geliyordu... Ona karşı kuşkularımın yok olmasına rağmen benden hâlâ korktuğunu fark edebiliyordum. Yemek yediğimiz anlar dışında yanımda uzun süre kalmamaya özen gösteriyordu. Böyle olmasına sevindiğimi söylemeliyim. Çünkü en baştan itibaren göstermelik bir evliliğimiz olacağını konuşmuş, bu konuda anlaşmıştık. Zaten daha fazlasında gözüm de yoktu... Ertesi akşam eve geldiğimde ona aldığım gül dalı desenleri olan kumaştan diktiği elbiseyi giymişti. Bana güzel görünmek için değil, giyecek çok bir şeyi olmadığından bu kadar aceleci davrandığını tahmin edebiliyordum. Yine de hoşuma gitmediğini söylersem yalan olur... Yeni elbisesi Deli Kız'a oldukça yakışmıştı, bunu ona da söylemek istedim. Tam o sırada sofra kurmaya çalışıyor, elindeki yemek tabaklarıyla mutfaktan çıkıyordu.

"Güle güle giy Leyla, çok yakışmış" dedim. Aniden elindeki tabaklar düştü, olduğu yerde donakaldı. Bir an yüksek sesli konuştuğum için korktuğunu, bu nedenle tabakları düşürdüğünü sandım. Ancak öyle olmadığını yanaklarından süzülen gözyaşlarıyla anlamam uzun sürmedi. Annemin bile gözlerinde görmediğim bir şefkatle bakıyordu yüzüme. Ne olduğunu sordum ama sessizce ağlamasından ve yüzüme bakmaya devam etmesinden başka bir cevap alamadım. Karşımda birkaç dakika ağlayarak durduktan sonra ellerinin tersiyle gözyaşlarını silerek yanıma yaklaştı. Dizlerinin üstüne çöküp ellerimi tuttu ve avuçlarında birleştirdi. Gözlerinde hâlâ ilk defa gördüğüm o anaç bakış vardı. Ne diyeceğimi, ne yapacağımı bilemedim. Bütün bunların ne anlama geldiğini ve neden böyle tuhaf davrandığını da anlamamıştım. Hatta yersiz bir şekilde gerçekten delirmeye başladığını düşündüm bir an. İşaretlerle bir şeyler anlatmaya çalışıyordu. Sağ elinin içiyle birkaç defa bağrına dokundu. "Sen mi?" diye sordum, başını sallayarak onayladı. "Sen Leyla'sın..." dedim şaşkınlıkla. Gözlerini yumdu ve yüzünü usulca elimin üzerine sürdü. Sonra ellerimi öptü. Ağlamaktan sırılsıklam görünen yüzü ve şefkatle gülümseyen yaşlı gözleriyle kalkıp odasına gitti. Sonra ne odasından çıktı ne de hazırladığı yemeği yedik. O akşam olanları sabaha kadar düşündüm. Daha önce Remzi'nin "Burada ona Deli Kız derler. Gerçek adı Leyla'ymış ama kimse adıyla tanımaz onu. Dilsiz Deli Kız'dır o, herkes de öyle der. Belki de kendisi bile bilmiyordur adını!" dediğini hatırladım. O zaman her şey bir anda anlam kazanmaya başladı. "Leyla" diye hitap ettiğim anda donup kalması, bir anda gözyaşlarına boğulması, dizleri üzerine çöküp ellerimi yanaklarına sürdükten sonra öpmesi... Aslında bütün bunlar bir nevi minnet göstergesiydi. O kendi adını hiçbir zaman unutmamıştı. Konuşamıyor olması ve kimsesizliği insanların onu deli diye yaftalamasına ve zamanla adının Leyla yerine Deli Kız diye anılmasına neden olmuştu. Hiç kimse onun duygularını önemsememişti, ne diye hitap edilmesini istediği ona hiç sorulmamıştı... Gösterdiği o aşırı duygusal tepkinin asıl nedeni hissettiği tarifsiz mutluluktu.

Ben bunları düşünürken kızıl yüzüyle usul usul gün doğmaya başlamıştı bile. Belki Leyla uyuyordu, belki o da sabaha kadar düşünüp durmuştu. Pencereden yeni bir güne daha başlıyor olmanın şükrüyle bakarken içimde bazı duyguların yeniden çiçek açmaya başladığını hissedebiliyordum... Leyla, ertesi günden itibaren bambaşka bir kadına dönüşmüştü. Yanımda daha fazla vakit geçiriyor, daha fazla gülümsüyordu. Esmer yüzündeki belirgin hüzün her geçen gün biraz daha siliniyor, yerine adeta bahar aylarının tazeliği ve neşesi hâkim oluyordu. Önceden odama kapanıp kitap okuduğum zamanlarda asla yanıma uğramazken artık yeni demlenmiş taze çayı yanı başımdan eksik etmiyordu. Sert ve uzun geçen kış mevsimi zamanın çoğunu evde geçirmemize neden oluyordu. Bu sayede birkaç ay içinde Leyla'yla anlaşabilmeyi de öğrenmiştim... Şehirden ısmarladığım son kitabı getirdiğinde Remzi'yle kahvede oturmuş sohbet ediyorduk. "Başka bir ihtiyacın falan var mı Selim?" diye sordu.

"Yok Remzi, sağ olasın" dedim.

"Bizim hanım söyledi, Deli Kız'a evlilik yaramış. Tanıyana aşkolsun diyor" dediğinde Remzi'ye çıkıştım.

"Manifaturacı!" dedim. "Onun adı Leyla! Yengeye de söyle o da Deli Kız'ı unutsun. Herkes unutsun!"

"Tamam Selim kardeşim... Ağız alışkanlığı işte, kusura bakma" dedi pişmanlıkla. Tam o sırada kahvenin önünde bir gürültü koptu. Herkes bir anda koşturarak dışarı çıktı. Birkaç yabancı adam Reşit Ağa'nın oğlu Cemil'i kahveye girerken yakalamış, öldüresiye dövüyordu. Adamlar silah çekip kahvenin önündeki kalabalığa "Siz karışmayın!" diye bağırınca kimse korkudan kıpırdayamadı. Cemil takatsiz bir halde yere yığılınca adamlar da bir arabaya binip gözden kayboldular. Kahvedekiler, Cemil'i kaldırıp sandalyeye oturmasına yardım ettikten sonra bir bardak su verip kendine gelmesini beklediler. Kırılan birkaç dişin bıraktığı boşluktan sızan kan, çenesinin altında burnundan akan kanla buluşup oradan yere damlıyordu. Bir gözü oracıkta şişmiş, üstü başı perişan halde olan bitene anlam vermeye çalışıyor gibi bir hali vardı. Bir süre sonra iyice kendine geldi, oturduğu yerde doğruldu. Koluna girip yardım etmek isteyenlere bağırıp çağırdıktan sonra evine gitti. Cemil'in neden böylesine dayak yediğini kimse bilmese de herkes bu durumdan gayet keyif almış gibi görünüyor, mutlaka hak etmiş olacağını söylüyorlardı... Kahveden çıkıp eve gittiğimde yeni kitabımı okumak için sabırsızlanıyordum. Odama çekildiğim sırada Leyla da yanıma geldi. Nedendir bilmiyorum, ilk defa o zaman okuyacağım kitabın adını sordu kendine has işaret diliyle. "*Bülbülü Öldürmek*" diye cevap verdiğimde birden keyfi kaçtı. "Ne oldu?" diye sordum. "Bülbülü öldürmelerine üzüldüm" dedi işaret diliyle. "Neden bülbülü öldürüyorlar ki? Ölmese olmaz mı?" diye sordu. Kitabın içeriğinde ne anlattığını bilmediğimi söyledim. Leyla, hiç okula gitmediğinden okuma ve yazması yoktu. Bu yüzden eğer isterse kitabı sesli okuyabileceğimi, böylece onun da kitabı okumuş gibi bütün hikâyeyi öğrenebileceğini söyledim. Parıldayan gözlerle yüzüme bakarak başını salladı. Tam karşıma bağdaş kurarak oturdu. Dirseklerini dizlerinin üzerine yerleştirip çenesini avuçlarının arasına aldı. Bütün dikkatiyle beni dinliyordu. Hikâyeyi anlayabilmesi için tane tane okumaya gayret ediyordum. Çoğu yerde kendi hayatından sahnelere rastlıyor, zaman zaman gözyaşlarını tutamıyordu. İkinci gün kitabı bitirdiğimizde hikâyenin kahramanı Scout'ı çok sevdiğini, acaba çaya davet etsek gelip gelemeyeceğini sordu. Leyla o kadar masum, o kadar içten ve o kadar temiz kalpliydi ki Scout'ı çaya davet etmek konusunda oldukça ciddiydi... O günden sonra çoğu kitabı birlikte okumaya başlamıştık. Leyla'yla evleneli iki yıl olmasına rağmen bu süre içerisinde en başta konuştuğumuz şartları asla çiğnemedik. İki yakın dost, iki ev arkadaşı gibi yaşamaya devam ediyorduk. Hatta ona okuma yazmayı da öğretmeyi başarmıştım. En çok da adını yazmayı seviyordu. Detaylıca anlatmak istediği bir konu olduğunda yazarak anlatıyordu. Böylece ben de daha iyi anlamış oluyordum. Yemeğimizi yiyip kendi köşemize çekildiğimiz bir akşam elindeki defter ve kalemle odama geldi ve bana bir şey anlatmak istediğini söyledi. Anlatabileceğini söylediğimde olduğu yere çöktü ve bağdaş kurarak oturdu. Yanına oturmamı işaret ettikten sonra dizinin üzerine koyduğu deftere bir şeyler yazmaya başladı. "Ben küçükken konuşabiliyordum" diyen ilk cümleyi yazdı ve durdu. Gülümseyerek yüzüme baktıktan sonra yazmaya devam etti. "Babam, doğmama birkaç ay kala işçi olarak Almanya'ya gitmiş. Annem de beni doğururken ölmüş. O yüzden ikisini de hiç tanımıyorum. Babaannemin yanında büyüdüm. Bu dünyada beni seven tek insan da oydu galiba. Allah rahmet eylesin... Burada sadece babaannemle ikimiz kalıyorduk ama İstanbul'da yaşayan bir de amcam vardı. Amcam hasat zamanları gelip tarlada ne çıktıysa satar, parasını cebine koyduğu gibi giderdi. Oysa bir yıl boyunca bütün zahmetleri çeken, her avuç mahsul için gözyaşı döken babaannemden başkası değildi. Amcam hiç düşünmezdi bunları. Babamın Almanya'dan hiç gelmemesi amcamı sevindiriyordu. Çünkü her şeyin idaresi ona kalıyordu böylece... Babamın yokluğuna sevinse de beni hiç sevmezdi. Yine bir hasat zamanı evin önünde oynuyordum, babaannem neredeydi hatırlamıyorum. Amcam ellerini arkasına saklayıp bana bir sürprizi olduğunu söyledi. Sevinmiştim... Bir anda arkasından çıkardığı yılanı kucağıma atıverdi. Korkudan o kadar koştum ki nereye vardığımı bilemiyorum. Düşüp bayılmışım bir yerde. İşte ne olduysa ondan sonra oldu. O günden sonra konuşamadım bir daha. Önceleri çok zorladım, çabaladım ama olmadı. Sonra da alıştım böyle olmama... Tam da okul çağımdaydım ama konuşamayınca bir şey de öğrenemeyeceğimi söyleyip beni gönderdiler. Çok küçüktüm o zamanlar. Köyün bütün çocukları alay ediyordu benimle, aptal olduğumu söylüyorlardı. Sonra deli diye bahsettiler benden. Babaannem eline geçirdiği bir sopayla benimle alay eden çocukları kovalardı. Sonra beni kucağına yatırıp 'Melek yavrum. Canımın ta içi. Güzel kuzum...' diye severdi. Ben on yaşındayken babaannem öldü. Amcam İstanbul'dan cenazeye geldi. Bahçe ve yaşadığımız eski ev dışında her şeyi Reşit Ağa'ya sattı. Giderken beni de yanında götürecek sanmıştım ama yüzüme bile bakmadı. O günden sonra her şey benim için daha da kötüye gitti. Babaannem ölünce yapayalnız kaldım, on yaşında bir çocuktum henüz. Yeryüzünde beni seven tek insanı da yitirmiştim üstelik. Sahip çıkan olmayınca daha fazla üzerime geldiler. Leyla'yı elbirliğiyle öldürüp Deli Kız'ı meydana getirdiler! Konuşamıyor olmak suç mu Selim? Konuşamıyordum ama kalbim kırılıyordu. Çocuklar beni ıslatıyor diye çeşmenin önünden geçemezdim. Tenekelerle beni kovalıyorlardı. En kötüsü de ne biliyor musun? Benim deli olduğuma köydeki büyükler de kendini inandırdı sonunda. Onlar da canımı yakan şeyler yaptı: Hakaret ettiler, çocukların benimle alay etmesine göz yumdular, gülüp eğlendiler... Başlarda bu davranışlara tepki veriyordum ama tepki verdikçe kapatıldığı kafeste diş gösteren yabani bir hayvan olarak görüyorlardı sanki beni. Ben onlara işaretlerle bir şeyler anlatmaya çalıştıkça onlar benimle eğleniyordu. Daha fazla benimle uğraşıyor, daha fazla keyif alıyorlardı. Ben de zamanla tepki göstermemeye, o insanlar yokmuş gibi davranmaya başladım. Böyle olunca çocuklardan başka sataşan da kalmadı. Bağda bahçede gündelikli çalıştım ama kimselere muhtaç kalmadım... İnsanlar çok tehlikeli, çok acımasız, çok bencil... Bu yüzden insanlardan korktum hep, onlardan uzak durdum. Onlar bana deli dediler, kötülük ettiler... Ama biliyor musun? Ben, hiç kimseye kızmıyorum" diye yazdı ve ıslak gözleriyle tekrar yüzüme baktı...

"Nasıl olur da sana bunca eziyet eden insanlara kızmıyorsun?" diye sordum. "Geçmişte bana yapılan en ufak bir haksızlığı dahi unutmuyorum ben! Hayatım mahvoldu, kaderim değişti! İlk fırsatta kötülük yapmayı huy edinmiş insanlar affedilmeyi hak ediyor mu Leyla? Ben affetmem!" dedim.

"Sen daha iyisini bilirsin..." dedi. "Ben, yaşadığımız her şeyin bir sebebi olduğuna inanıyorum. Allah hiçbir kulunu çaresiz bırakmazmış, O'nun vardır elbet bir bildiği... Babaannem karşılaştığımız her kötülüğün bir mükâfatı, gördüğümüz her iyiliğin de bir bedeli olduğunu söylerdi. Ben çok fazla kötülük gördüm insanlardan. Eğer babaannemin dediği doğruysa, benim mükâfatım sen olmalısın. Sırf beni korumak için evlendin benimle. En başta verdiğin sözü hiç unutmadın. İki yıl olacak neredeyse ve bir kere bile dokunmadın. Belki beni sevmedin ama zararın da değmedi bana. Sen iyi bir insansın. Babaannemden sonra bana adımı söyleyen tek kişi sen oldun. Sırf bunun için bile ömrüm boyunca sana teşekkür etsem az gelir. İnsan olduğumu hatırladım sayende, değerli olduğumu hissettim yıllar sonra. Bana nasıl bir iyilik yaptığını bilmiyorsun. Başlarda senden de korkuyordum ama şimdi sen olmasan ne yaparım bilmiyorum. Seni sevdim Selim, çok sevdim! Beni ayıplama ne olur..." diyen son cümleleri yazdıktan sonra yuvasından fırlayan bir ok gibi çıkıverdi odadan. Geçmişine dair anlattıkları beni derinden etkilemişti. Benim geçmişim sevgiden doğan acılarla, onun geçmişiyse sevgisizliğin açtığı yaralarla doluydu... Leyla'nın bana karşı duygularının değişmeye başladığını fark ediyordum. Ama yine de bu konunun üzerinde pek durmak istemiyordum. Çünkü ben de benzer hisler içerisindeydim. Çok uzun zamandır Sibel'i bir kez olsun aklıma bile getirmeyişim sanırım Leyla'ya karşı değişen hislerimin kanıtıydı. Ama kendi hislerime kapılarak Leyla'nın davranışlarını yanlış anlamış olma ihtimalinden çekiniyordum. Bu yüzden ona karşı mesafemi her zaman korumaya gayret ettim. Utana sıkıla beni sevdiğini söyleyip bir anda kaçıvermesi hislerimde yanılmadığımı gösteriyordu. İşte tam burada Leyla ile benim hikâyemin hem en masum hem de en acı bölümü başlıyordu...

"Her zaman vardır söylenecek bir söz,
gidilecek başka bir yer ve en baştan yazılacak
yeni bir hikâye...
Fakat insan her şeye rağmen susuyorsa kırıcılığa
karşı, kaçmadan duruyorsa tüm zorluklara
rağmen; bir şeylerin düzeleceğini beklediğinden
ve bunu bütün kalbiyle istediğindendir..."

X. Bölüm

Güzellik kavramı görmeyi bilene özelmiş meğer. Bakmak kocaman bir kayayı izlemekse, görmek o kayanın merkezindeki cevheri bulup işleyebilmekmiş... En baştan beri Leyla'yı kurtardığımı düşünmek büyük bir yanılgıdan başka bir şey değilmiş. Onunla evlenerek ona basit bir iyilik yaptığımı zannediyordum. Halbuki kendi hayatımı kurtardığımı bilmiyormuşum... Bu köye ilk geldiğim zamanlar nefes alan bir cesetten farksızdım. Ankara'ya döneceğim günleri hayal ediyordum. Kaç kere ölmeye teşebbüs ettiğimi hatırlamıyorum bile... Ancak geçen zaman içinde sanki köyde doğmuşçasına buraya alışmıştım. Ankara benim için bir hayalden çok, tebessümle hatırlanacak bir anıya dönüşmüştü farkında bile olmadan... Tunalı Hilmi, Kuğulu Park, Kavaklıdere Sineması ve daha birçok anı... Hepsi kafamın içinde kaderine terk edilmiş eski birer kartpostal gibi duruyordu. Ama Sibel'e dair hissettiğim duygular bir bıçakla kesilip atılmıştı sanki benden. Ne onu ilk gördüğüm anın heyecanı kalmıştı içimde ne de o ilk öpücüğün tılsımlı sıcaklığı... Leyla, şimdiye kadar kimsenin benimsemediği kadar çok sahiplenmişti beni. Sevmek, en yüce duygulardan birisidir muhakkak. Ama sevmek kadar sevilmek de muhteşem bir duygu. Sonunda Sibel'in benim onu sevdiğim gibi beni sevmediğini kabullenmiştim. Eğer öyle olmasaydı önümüze çıkan ilk engelde beni terk etmezdi. Üstelik kendimi onun için feda ettiğimi bildiği halde beni yüzüstü bırakmazdı... Kafamın içini kocaman bir çöplüğe dönüştüren bu saplantılı düşüncelerden kurtulmamı sağlayan Leyla'nın bana hissettirdikleri olmuştu ve onun sayesinde iyileşmiştim... Velhasıl geçti, bitti... Herkes hayatına baktı, kaldığı yerden devam etti ya da her şeye en baştan başladı. Meğer doğru olan da buymuş. Bir şey kısmetin değilse ne çok sevmek ne de beklemek hiçbir şeyi değiştirmiyormuş... Leyla ile ilişkimiz son bir yılda çok daha farklı bir yola girmişti. Leyla'nın bana olan ilgisi, sevgisi, rahatım için elinden gelen çabayı göstermesi zamanla benim hislerimin de tamamen değişmesine sebep olmuştu. Birkaç ay evvelinde babama yazdığım af mektubuna cevap alamayışım Leyla'ya daha çok sığınmama neden olmuştu belki de, bilemiyorum... Sonuç olarak Leyla ile yaptığımız evlilik basit bir formalite değildi artık. Tadını hiç bilmediğim bir duyguyla onu sevmeye başlamıştım çoktan. Onun yüzüne baktıkça kalbimde oluşan acıma ve merhamet hissi zamanla kocaman bir sevdaya dönüşmüştü. Bütün kalbinle sevdiğin kişi tarafından aynı duyguyla seviliyor olmak, en önemlisi de bunu gerçekten hissedebilmek muazzam bir şeymiş! Eğer kaybetme korkun yoksa özgürce sevebiliyormuşsun birini. Gözün arkada kalmadan, yüreğinde zerre kadar kuşku duymadan, ya giderse diye korkmadan... Kış mevsiminin son bulmasıyla bahara uyanan tabiat gibi benim duygularım da tazelenerek uyanıyordu nihayet. Karların erimesiyle birlikte ufak tefek tadilat işleri de çıkmaya başlamıştı. Tadilat için gittiğim yerlerden akşama kadar çalışmış olmanın yorgunluğuyla eve dönüyordum. Fakat eve döndüğüm her seferinde Leyla'nın o minnet dolu tebessümüyle kapıyı açışı bütün yorgunluğumu alıyordu. Bu duygunun verdiği huzuru kelimelerle tarif edebilmemin imkânı yok. Yine de onun tüm gününü beni rahat ettirmek için çabalayarak geçirmesini istemiyordum ve daha çok dinlenmesini tembihliyordum. Çünkü Leyla'nın son zamanlarda baş dönmesinden sürekli şikâyet etmesi beni kaygılandırıyordu. Bu durumdan Remzi'ye bahsettiğimde baba olabileceğim ihtimalini düşünerek eğlenmişti benimle. Ancak bu ihtimal beni sevindirmiyor, tam tersine fazlasıyla korkutuyordu... 1986 Nisan'ının hiç unutamadığım perşembe gününün sabahıydı. O sabahı diğer günlerden farklı kılansa bir mucizeye tanık oluşumdu. Sonrasının bir felakete gebe olacağını bilemezdim... Perdenin kapatamadığı ufacık bir boşluktan sızan cılız gün ışığından rahatsız olsam da gözlerimi açamayacak kadar uykuluydum. Buna rağmen kısa bir süre sonra kalkmak zorunda olduğumun da farkındaydım. Miskinliğimin orta yerinde kolumu dürten eli hissetmemek için direndiğim sırada ürkek ve kısık bir sesin beni çağırdığını işitiyordum.

"Selim..." Hayatımda ilk defa duyduğum bu yorgun ve yabancı ses gözlerimi aralamama yetmişti. Gözümü alan ışıktan dolayı pencere tarafında duran gölgeyi seçmekte epey zorlansam da Leyla olduğunu anlayınca yerimden fırladım. Leyla o sabah seslenerek uyandırmıştı beni, bu Yaradan'ın bir mucizesiydi! Yataktan çıktığım gibi boynuna sarıldım, bu anı bana yaşatan Allah'a şükrederek ağladım. İki omzunu kavrayıp her bir kıvrımını ezberlercesine Leyla'nın yüzüne aşkla baktım. Gözlerindeki yaş ışıl ışıl parlıyordu. Elini yüzüme koyup gözlerini yumduğu anda bir damla gözyaşı yanaklarından süzülüp bir cemre gibi yüreğime düştü. Eğer iki kere doğmak diye bir şey olsaydı, benim ikinci doğuşum kesinlikle o an olurdu... "Ne olur Leyla, bir kere daha konuşsana" dedim. Üstdudağının kıvrılışını boğazındaki yutkunuş izledi.

Tek bir kelime daha etmesi için nelerimi vermezdim... Konuşması için zorladıkça yüz ifadesine oturan endişeyi sezebiliyordum. Bir anda bu kadar yüklenmenin onun için kolay olmadığını düşünerek daha fazla ısrar etmedim. Sonra elimden tutup hazırladığı yer sofrasına götürdü beni. Gülümseyerek oturmamı ve bir an önce çıkmazsam geç kalacağımı söyledi işaret diliyle.

Evden çıkarken beni uğurlamak için kapıya kadar geldi. Bütün gün onunla kalmak geçiyordu içimden. Ama iyi bir ücret karşılığında anlaştığımız çatı tamiratı işi için komşu köye gitmem icap ediyordu. Arkamı dönüp gitmeden önce "Akşam dönünce bana birkaç kelime daha söyleyeceksin tamam mı?" dedim. Başını sallayarak dediğimi onayladı ve bir an önce gitmem gerektiğini işaret etti. O gün aklım, yüreğim hep Leyla'daydı. Yıkıcı bir sevda uğruna kendimi helak ettiğim bir zamanda karşıma çıkmıştı. Eğer o karşıma çıkmasaydı kendimle olan savaşım asla son bulmayacaktı ve mütemadiyen kendimden nefret etmeye devam edecektim. Geçmişte yaşadığım duygunun derin bir aşk olmadığını Leyla'nın bana hissettirdikleriyle öğrendim. Durgun bir denizde çırpınıp durmuşum yıllarca ve kendimi boğmaktan başka bir şey yapmamışım... Kendi kalbimin karşımdakinin göğsünün altındakiyle aynı ritimde attığını sanmışım. Ne yazık ki yaşadığım değil, yaşamak istediğim bir aşka harcamışım kendimi. Dibe vurunca da her şeyimi kaybettiğimi sanıp hayata küsmüşüm. Ne kadar değerli olduğumu ve her şeye rağmen hayatın çok güzel olduğunu dilsiz bir kadın kalbiyle fısıldadı bana ve ben en baştan doğdum. Beni yeniden doğuran o kadının sesini duymuştum o gün... Hâlâ bir rüya gibi geliyordu bana. Bir an evvel işimi bitirip akşama kalmadan eve gitmek için canımı dişime takıp çalıştım. Öyle de oldu... Yarım saatlik yürüme mesafesini kat ederken sevgilisiyle ilk kez buluşacak bir gencin kalbi atıyordu sanki göğsümde. O kısacık mesafe aylardır süren ve bitmek bilmeyen bir yolculuğa dönüşüyordu adeta. Nihayet köye ulaştığımda Leyla'ya seslenerek kendimi eve attım. Her yere baktım, seslenmeye devam ettim ama yoktu. Yanan sobanın içindeki odunların henüz kül olmadığından kısa süre önce burada olduğunu anlayabiliyordum. Sesini yeniden duyabilmek için can attığımdan eve gelmesini beklemeyip onu aramaya devam ettim. Samanlığa baktım, orada da yoktu. Yaşadığımız evin altındaki ambar niyetine kullandığımız taş duvarla örülü bölüme yöneldim. Kapının asma kilidi açılmış, anahtar da kilit üzerinde öylece duruyordu. Kapıyı ardına kadar itip Leyla'yı görme ümidiyle hafifçe seslendim. Kapı boşluğundan içeriye dolan ışık huzmesi her tarafın aydınlanmasına yetmiyordu. Gözlerim karanlığa biraz alışınca Leyla'nın hareketsiz bir vaziyette sırtüstü uzandığını fark ettim. Son zamanlarda artan baş dönmesinden kaygılıydım. Kendini çok fazla yormamasını tembihlediğim halde dinletemiyordum. Biraz sarsarak kendine getirmeye çalışsam da karşılık alamadım, baygındı. Korkuya kapılıp onu kucakladığım gibi dışarı çıkardım. Kollarımdan usulca yere yatırırken gördüğüm manzara beni altüst etmeye yetmişti. Bir parmağın şaklamasıyla sanki bütün evren sessizliğe büründü o an, rüzgâr durdu, güneş söndü... Ona bakarken zaman durmuştu ama bunca hareketsizliğe rağmen binlerce bıçağın aynı anda gövdeme girip çıktığını hissediyordum. Donakalmış bir halde öylece baktım, onu seyrettim... Siyah, uzun saçları darmadağındı. Üzerinde dallı çiçekleri olan kırmızı elbisesinin yakası boylu boyunca yırtılmıştı. Tenindeki kızarıkları, çürükleri görmek içimi parçalıyordu. Oysa o sabah evden nasıl bir umutla çıktığımı anlatamam... Eve dönmeyi bambaşka beklentilerle hayal ederken karşılaştığım durum beni mahvetmişti. "Keşke gitmeseydim bugün..." diye hayıflanırken bir yandan da kovayla getirdiğim suyla Leyla'nın yüzünü yıkadım. Kendine gelirken dehşete kapılmışçasına irkildi. Yüreğimden daha fazla acıması mümkünmüş gibi tırnaklarını kendi yüzüne geçirerek ağlıyordu. İçimdeki öfkeyi bir an evvel kusup bütün dünyayı yakmak istiyordum. İki kolunu bileklerinden sıkıca kavrayıp "Sana ne oldu Leyla?" diye bağırdım. Hıçkırarak ağlıyor, gözlerini gözlerimden kaçırırken başını iki yana sallıyordu. Defalarca tekrarladım, aldığım tek yanıt köpüren ağzından yükselen hıçkırıklardı... Kendine zarar vermesine engel olabilmek ümidiyle birkaç tokatla kendine gelmesini sağlamaya çalıştım. Biraz daha sakinleştiğinde kolundan tutup kaldırdım, dünyamız yıkılmıştı artık. Evimize girdik birlikte, soba sönmüştü çoktan. Sobanın hemen yanı başında bir kısmı kırılmış yemeklik fasulye yarım kalmış vaziyette bekliyordu.

Her şey yarım, her şey eksik ve her şey önemsizdi. İçimden bağırmak geliyordu, küfretmek, ortalığı kırıp geçirmek... Şayet Leyla bunu yapanı bana söyleseydi gidip en ufak bir tereddüt bile duymadan onu öldürebilirdim. Ama Leyla bir köşeye sığınıp ağlamaktan başka bir şey yapmadı. Bütün gece karşılıklı duran iki duvar gibi hiç kıpırdamadan bekledik. Sabaha karşı Leyla'nın bitap düşmüş bedeni daha fazla dayanamadı, uykuya daldı. Yanına yaklaşıp ona daha yakından baktım. Dudağının kenarındaki kan kurumuş, yanaklarındaysa gözyaşlarının tuzlu izi kalmıştı. O şimdiye kadar tanıdığım en masum insandı. Hayatı boyunca büyük küçük herkesin alay konusu olmuş ama kimseye zerre kadar kötülüğü dokunmamış biriydi. "Allahım, en kötüyle sınanan neden hep iyi insanlar olur?" diye geçirdim içimden. Uykusunda her insan masumdur ama Leyla uyanıkken de masumdu... Onu seyrederken yüzünü sevmek, saçlarını okşamak isterken parmaklarımı ısırarak ağlamakla yetindim. Acımaktan da öte, kalbim sızlıyordu... Mutfaktan aldığım bıçağın kabzasını bir elimle, ağız kısmını da diğer elimle sıkıca kavradım ve hiç gevşetmeden iki elimi birbirinden hızla ayırdım. Bedenimde hissettiğim acının kalbimde hissettiğim acıyı bastırabileceğini sandım. Bu, hayatımda yaptığım en aptalca şeydi. Çünkü bedendeki acı insanın beyniyle ilgili bir durumdu. Ama kalbinde duyduğun acı ise ruhunla ilgiliydi. Eğer acıyı beynin değil de ruhun hissediyorsa bunu hafifletmenin hiçbir yolu olmuyor ne yazık ki. Belki yalnızca zaman tamir edebilirdi... Benim hissettiğim acı da ruhumdan başka bir yerde değildi... Keşke yarım saat daha erken gelseydim, belki de bunlar yaşanmayacaktı... Leyla uyandığında neler olduğunu sordum bir kez daha... Yeniden sessizce ağlamaya başladı sonra yine uyudu... Ertesi gün kendi isteğiyle anlatmasını ümit ederek bir şey sormamaya karar verdim. Uyandığında tamamen tükenmiş görünüyordu. Bir bardak su verdim, içti. Üzerini değişip yıkanması için onu ikna ettim. Bir buçuk gündür aralıksız olarak oturduğu yerden kalkmasına yardım edip onu odaya götürdüm. Elbisesini üzerinden çıkarırken yeniden kahroluşumu ondan gizlemeye çalışıyordum. Küçük kızarıklar yerini morluğa, çürükler yaraya bırakıyordu. Nasıl bir canavar bunu yapabilirdi ki? Bir anda omzundaki ısırık izine gözüm ilişti. Elbisesini sıyırınca aynı izi bağrında da gördüm. Diğer hiçbir şeyi gözüm görmüyordu artık. Morarmaya başlamış ısırık izlerindeki eksik dişler apaçık gösteriyordu aslında olan biteni. Daha önce Cemil'in kahvenin önünde yediği dayağın ardından dökülen dişleri kocaman bir afiş gibi gözlerimin önünde belirdi. "O şerefsiz Cemil miydi Leyla?" diye bağırdım. "Söylesene be kadın! Cemil iti miydi?"

Leyla bir anda fal taşı gibi kocaman açılan gözleriyle başını iki yana sallamaya başladı.

"Yalan söyleme! O şerefsizi koruyacak mısın bir de? Onu öldüreceğim!" deyip kapıya doğru yöneldiğimde oturduğu karyoladan fırlayıp bacaklarıma sarıldı. Bir taraftan beni tutuyor, diğer taraftan "Hayır!" dercesine başını iki yana sallamaya devam ediyordu. Öfkeme engel olmaya gücüm yetmiyordu. Birkaç saat içinde bitap düşen Leyla yeniden uykuya dalar dalmaz kendimi dışarıya attım. İçim içime sığmıyordu. Çabucak Cemil'i bulmayı ve son nefesini ellerimde vermesini büyük bir arzuyla istiyordum. Ne konağa gitmişti ne de kahveye uğraşmıştı. Kızgınlığımda en ufak bir azalma yoktu. Onu bulamadıkça daha da öfkeleniyordum. Cemil'in şehirde nerede olabileceğiyle ilgili Remzi'den yardım istedim. Ancak kötü bir şey yapabileceğim endişesiyle bana yardımcı olmak istemedi. O gün eve gitmeden Cemil'i aramama rağmen ondan en ufak bir iz dahi bulamamıştım. Remzi'yle sakince konuştuğumuz bir vakitte Cemil'e zarar vermeme konusunda ikna olmuştum. Zira aksi bir şey olursa Leyla yine yalnız kalacaktı ve bu sefer benim yüzümden çok daha büyük eziyetler görecekti. Remzi'yle konuşmamızın sonucunda jandarmaya gidip her şeyi anlatmaya ve Cemil'den şikâyetçi olmaya karar verdim. Ertesi gün hepimiz ifade vermeye çağrıldık. Cemil'le birlikte ifade vermeye babası Reşit Ağa da gelmişti. Bir süre komutanla Reşit Ağa konuştuktan sonra sırayla ifadelerimizi almaya başladılar. Cemil, Leyla'ya saldırdığını inkâr etmiş, Leyla da korkusundan sorulara doğru dürüst cevap verememişti. Komutan arabulucu olmaya çalışıyor, olay daha fazla büyümeden konuyu kapatmak istiyordu. Böyle olmasına daha fazla sinirlenmiştim. Leyla'nın boynuna sardığı örtüyü bir çırpıda çekip komutandan bakmasını istedim. Tam o sırada Reşit Ağa "Seni iftiracı anarşist seni!" diye bağırdı. "Sen askere, polise saldırmaktan iki sene mahpus yatmadın mı ulan dürzü?" diye haykırıyordu. O an hem Cemil şerefsizini hem de Reşit Ağa olacak akbabayı yok etmek için neler vermezdim... Ama bir anda kollarımı sırtıma doğru kıvırdıkları gibi iftira attığım ve tehdit ettiğim gerekçesiyle nezarete atıldım. İkinci günün sonunda "İnşallah aklın başına gelmiştir" diyerek serbest bıraktılar. Oysaki benim aklım başımdaydı, ne yazık ki yerinde olmayan onların vicdanlarıydı... Bu dava, komutanın daha önce istediği gibi kimselere duyurulmadan kapanmış oldu böylece.

Kimselerin duymamış olması içimdeki öfkenin hafiflemesini sağlamıyordu. Bu nedenle son zamanlarımı dedemin ücra ve kıraç arazisini adam etmeye çalışarak geçiriyor, yıkılmış çitleri ve harabeye dönmüş su kuyusunu onarmak için uğraşıyordum. Hem aralıksız çalışıyor hem de bütün olanları en baştan tekrar tekrar düşünüyordum. Reşit Ağa, anlatılanlara göre serveti sayesinde her zaman paçayı kurtarmanın bir yolunu bulmuştu. Babası sayesinde Cemil de bulaştığı belalardan her seferinde sıyrılıyordu. Yaptıkları kötülüklere rağmen cezalarını bulmamaları içten içe beni kahrediyordu. Birkaç gün boyunca Cemil ortalıkta görünmedi. Ancak sonrasında iki araba dolusu yabancı adam kahveye gelip Cemil'i aradıklarını söylediler. Bulamayınca da tehditler savurup geri döndüler. Çok geçmeden Cemil'in "Beni arayıp soruşturan insanlarla münakaşaya girmeyin. Ortalık biraz sakinleşince bütün meseleleri halledip geri döneceğim..." yazılı bir mektubu konağa yolladığı duyulmuştu. İlk zamanlar adından çokça söz edilse de bir müddet sonra Cemil'i kimseler anmaz oldu.

Hepsinden kötüsü Leyla ile aramıza o günden sonra katlanılmaz bir hüzün girmişti. Ne o içindeki acıdan dolayı bana yaklaşıyor ne de ben yüreğimdeki kederden ona herhangi bir şey söyleyebiliyordum. Her şeyin harika olmaya başladığına inandığım bir anda tepetaklak olmuştum yeniden. Leyla'nın ilk kez konuştuğunu gördüğüm gün aynı zamanda hayata yeniden küstüğüm gün olmuştu. Onun yüzüne baktıkça kalbinin derinliklerinde kor alevlerin yandığını hissediyordum. İlkbahar kadar hayat dolu yüzü şimdilerde matem evi gibiydi. Nadiren boğazından birkaç lokma geçiriyor ama asla tebessüm etmiyordu. Hatta gözlerime bakmamak için elinden geleni yapıyordu. Oysa kalbimin en az onunki kadar parçalandığına yemin edebilirim! Belki de ondan çok daha büyük bir acıyla yoğruluyordum... Leyla, onu ilk tanıdığım zamanlardakinden daha mutsuzdu artık ve kolayca düzelecek gibi değildi. Olanların köyde duyulmamış olmasından başka teselli bulduğum bir şey yoktu. Bu kötü süreci atlatabilmenin tek yolu zamandı ve zamanın yaralarımızı iyileştirmesine izin verebilmemiz için de sabırlı olmamız gerekiyordu. Leyla'nın yalnızca bir kere daha sesini duyabilmek için sonsuza dek beklemeye razıydım. Onun kendi içindeki karanlığa gömülüp geçmişte benim yaptığım hatayı yapmasına, yani yüreğinin derinliklerindeki umut ışığını söndürmesine izin vermeye hiç niyetim yoktu. Ne pahasına olursa olsun onun yanında olmaya devam edecektim ve yüzüne yeniden bahar gelmesini sağlamak için elimden geleni yapacaktım. Haftalar geçmişti o müessif olayın üzerinden... Bu zaman zarfında Leyla çokça kilo kaybına uğramıştı. Hastalanıp tamamen bitkin düşmesinden korktuğum için zorla da olsa birkaç lokma yedirmeye çalışıyordum. Onun bu haline ne kadar üzüldüğümü anlatamam. Ama artık bütün zamanını ağlayarak geçirmediğinden dolayı buruk da olsa mutluluk duyuyordum. Bense geceleri bir dakika bile daha fazla uyuyabilmek umuduyla gün içinde daha çok çalışıyor, biraz fazla uyuyabilmek için kendimi fazlasıyla yoruyordum. Her zamanki gibi tavşan uykusunda olduğum bir gece vakti Leyla ansızın hastalandı. Öyle kıvranıyordu ki çektiği acıyı ciğerlerimde hissediyordum adeta. Hemen Remzi'ye gidip acilen bizi en yakın hastaneye götürmesini istedim. Bir saat içinde hastaneye vardığımızda korkudan ölmek üzereydim. Muayene için odaya almalarından çok fazla geçmemişti ki içeriden çıkan doktora yaklaşıp Leyla'nın durumunu endişeyle sordum. Doktor, korkulacak bir şey olmadığını, acı veren ağrının migrenden kaynaklandığını söyledi. Ancak stresten uzak durmazsa ve yemek yememeye devam ederse hamileliğin tehlikeye gireceğini söyledi. Doktorun bu sözlerini işitince aklım yerinden çıkacak gibi oldu. Bir anda ayak parmaklarıma kadar uyuşuvermiştim. O an ne diyeceğimi bilemedim. Doktorun söylediklerini Remzi de işitmişti. Gülümseyerek yanıma yaklaştı. Eliyle sırtıma dokunarak "Hayırlı olsun Selim'im!" dedi. "Ben sana daha önce baba olacaksın demedim mi? Hekim olacak adamdım da bakma işte manifaturacı oldum" dedi gülerek.

Bu hiç beklemediğim bir haberdi. Böyle durumlarda ne yapılır, ne söylenir, nasıl davranılır bilmiyordum. Bu yüzden Remzi'ye herhangi bir cevap vermedim. Baba olmanın nasıl bir his olduğunu bilmiyordum, sanırım hiçbir zaman bunun nasıl bir duygu olduğunu tam olarak bilemeyeceğim... Hastaneden döndüğümüzde gece yarısıydı.

Leyla'nın belinden tutarak yatmasına yardımcı oldum. Uzanır uzanmaz beni göremeyeceği şekilde sırtını döndü. Duvarlar üzerime yürüyordu, nefes almakta güçlük çekiyordum. Kendimi bir anda dışarı attım. Leyla'ya bu denli âşık olabileceğim aklımın ucundan dahi geçmiyordu. Ama artık sahip olduğum en kıymetli varlıktı ve ne yazık ki şimdi onunla da sınanıyordum. O gece çektiğim acının izahını yapamam! Kapının önünde, gecenin en karanlık yerinde kimselere görünmeden sessiz sedasız ağladım. Geçmişin aslında geçmeyen bir yara olarak göğsümde kanadığını yüreğimdeki sızıdan anlayabiliyordum. Tutuklandığım zamanlarda babam, annem ve Sibel değildi yaşadığım bütün kayıp...

Öylesine kötü şartlarda ağır işkenceler ve kötü muameleler görmüştüm ki baba olmam sağlığım açısından mümkün değildi artık.

Leyla'nın karnındaki yavru benim değil, Cemil'in çocuğuydu... Üzüntümü tarif edebilecek herhangi bir kelime bilmiyorum. Bildiğim tek şey kaburgalarımın arasında iflah olmaz bir kalp taşıyor olduğumdu. Saatlerce düşünüp durdum. En sonunda Leyla'ya olan sevgime boyun eğmiştim. O yeryüzünde tanıdığım en masum, en temiz insandı hâlâ. Hiçbir günahı yoktu. Belki de bu bebeğin ona bağışlayacağı annelik duygusuyla yeniden eski haline dönebilir, belki tekrar konuşabilirdi. Sığındığım bu ihtimal uğruna bütün ömrümü o günleri görmek için feda edebilirdim...

Hayatım boyunca olmaz dediğim her şey oldu, yaşamam dediklerimi bir bir yaşadım... Anladım ki insanın sınavı nefes aldığı sürece son bulmuyormuş. Ben de sonsuza dek sınanmaya devam edeceğim. Biraz rahatladıktan sonra tekrar eve girdim, usulca Leyla'nın yanına uzanıp arkasından sarıldım. Çok geçmeden çenesinin altındaki elime düşen bir damla gözyaşının yakıcı sıcaklığıyla onun da henüz uyumadığını anladım. Ağladığını bana belli etmemeye çalışsa da bunu fark ettiğimi anladığında kendini tutmayı bıraktı. Ağlama demedim veya ağlamaması için teselli edecek herhangi bir şey yapmadım. Bıkana, yorulana, kendine zararı olan o zehri gözyaşlarıyla birlikte içinden atana kadar ağlamasını istiyordum. Az sonra derince bir nefes alarak yönünü bana döndü. Belini geriye doğru hafifçe esnetti ve yüzünü tam olarak görebileceğim kadar bir mesafeye çekildi. Açık olan pencereden içeriye dolan ay ışığı sayesinde bakışlarındaki o derin mahcubiyeti görebiliyordum. Günlerdir yaşadığı üzüntüler yüzünden esmer çehresi kireç gibi bembeyazdı. Bir müddet öylece beni izledi, baktı, sustu... Çok eskilerden kalmış hatıra bir fotoğrafa bakar gibi iç çekerek baktı yüzüme. Bir süre öylece bekledikten sonra "Ben..." deyip gerisini getiremediği bir cümleye başladı işaret diliyle. Dudağı iyice büküldü, yeniden ağlamaya başlayacağı apaçıktı. Anlatmaya devam etmek için uzun nefesler alarak kendini rahatlatmaya çalışıyordu. Hızlıca kabarıp çekilen göğüskafesinden kendini güçlükle tuttuğunu anlayabiliyordum. Bu yüzden daha fazla anlatmasını istemiyordum. Anlatmaya devam etmek üzere kaldırdığı ellerini parmak uçlarından tutup bağrıma basarak devam etmesine engel oldum. Bazı şeyler nasıl ki konuşarak halledilmeliyse, bazı konular da yalnızca ondan bahsetmeyerek halledilebilir. Bu konu bahsettikçe başka yaralar açacak, her yanı keskin bir bıçak gibiydi. Yani tutulacak bir yanı yoktu. Bu nedenle daha fazla konuşulmadan kapanması gerekiyordu, ben de öyle olmasını sağladım. Çünkü Leyla'nın konuşmasına izin verirsem neler anlatacağını tahmin edebiliyordum. Eğer cümlesini tamamlayabilseydi bu çocuğun bana ait olmadığını kahrolarak anlatacaktı. Bana karşı duyduğu sevgi o kadar temizdi ki kendi başına gelen felaketleri bana yakıştıramıyordu. Utançtan yüzüme bakamamasının ve hamile olduğunu öğrendiğinden beri ağlamaktan kendini helak etmesinin nedeni de buydu. Oysa onun karnında taşıdığı şey, benim sevgiyle bağrıma basacağım bir taştı. O, Leyla'yı yeniden kazanabilmemi sağlayacak bir umuttu. En önemlisi de bu çocuk, Leyla ile birbirimize dahi bahsetmeyeceğimiz bir sır olarak aramızda kalacaktı... Herkesin geleceğe dair hayalleri vardır. Hayallerin gerçekleştiğinde sonsuz bir mutluluğa kavuşacağını zannedersin. Belki de en büyük hayal kırıklıklarımızı arzuladığımız şeylere kavuştuğumuz için yaşıyoruzdur. Gerçekleşen beklentilerin beraberinde ne getirdiğini nereden bilebilir ki insan? Ben de bilmiyordum...

“Geçmişi tamamen silip atmak mümkün değil. Elbette hatalarım oldu, ben de mükemmel biri değilim nihayetinde! Ama kimsenin hayatını mahvetmedim, kimsenin hayatında derin pişmanlıklar bırakmadım...

Belki yüreğim hâlâ kırık dökük
ama vicdanım rahat!

Çok şükür...”

XI. Bölüm

Günler, haftalar, aylar soluklanacak fırsatı olmayan bir kervan gibi art arda geçiverdi... Leyla sancıdan kıvranırken 1987 Ocak'ının jilet gibi keskin bir ikindi vaktiydi. Aceleyle kendimi dışarı attım. Günlerdir aralıksız yağan kar belimin hizasını çoktan geçmişti ve rüzgârla birlikte tüm şiddetiyle yağmaya da devam ediyordu. Remzi'nin evinin hemen arkasındaki tek katlı eski evde yaşayan Havva Abla köydeki çocukların çoğunun doğumuna ebelik etmişti. Buralarda Ebe Havva olarak bilinirdi zaten. Birkaç dakika içinde güçbela kendimi Ebe Havva'nın kapısına atabildim. Kapıyı yumruklarken "Havva Abla!" diye bağırdım. Hafifçe aralanan kapının açıklığından yüzüme vuran sıcaklığı duyabiliyordum.

"Ne oldu Selim? Çocuk mu geliyor yoksa?" diye sordu.

"Bilmiyorum abla! Leyla çok fena kıvranıyor. Allah aşkına gel de bir bak..." dedim.

"Tamam oğlum geliyorum, dur."

"Kurbanın olayım Havva Abla, acele et ne olur. Yanında kimse yok Leyla'nın..."

Gelirken açtığım yolu fırtına çoktan karla doldurmuştu bile. Ama öylesine heyecan ve korkuyla doluydum ki önümdeki engel dağ olsa yine delip geçerdim! Sesimizi duyan Remzi ve karısı Mualla da peşimizden yetişti. Mualla ve Havva Abla aceleyle içeri girdi. İçimi kemirip duran düşüncelerden dolayı eve girmekte tereddüt ediyordum. Dışarıdaki buz gibi havayı hissetmiyordum bile, yüreğimde yeni patlamış bir volkanın sıcaklığı vardı... Ne kadar geçtiğini bilmediğim bir süre sonra dış kapıyı aralayan Mualla içeri girmemizi söyledi. O an kafamın içindeki her şey silinip gitmişçesine zihnim temizlenmişti. Geçmişimin sancıları, uğradığım haksızlıklar, kaybettiğim sevdiklerim, geçim derdi, Cemil... Taş öğüten bir un değirmeni gibi beynimi zorlayan her şeyden kısa süreliğine arındım. Az önce bahsettiğim volkan göğsümün içinde hâlâ yanmaya devam ediyordu. Ne var ki "Oğlunu tut" diyerek kucağıma verdikleri küçük bir bebekle birlikte ruhumda hayret verici bir huzur hissettim. Diğer bütün duygularımı kaybetmiş gibiydim. Geriye kalan her şey sadece birer teferruattı. Kollarımda tuttuğum bana vaat edilmiş yepyeni bir hayat, bambaşka bir dünyayaydı sanki. Ona bakarken gözlerim kadar yüreğim de dopdoluydu. Yaklaşık bir saat sonra Havva Abla ve Mualla öncelikli olarak yapılması gerekenleri özenle anlattıktan sonra evlerine döndüler. Kucağımda duran o minicik bebekle Leyla'ya yaklaşıp başucuna oturdum ve konuşmaya başladım.

"Sen, hayatım boyunca tanıdığım en özel ve en masum kadınsın Leyla. Bu sabi de gördüğüm en masum çocuk..." dedim. "Neler hissettiğini asla anlayamayacağımı biliyorum. Hayatımın hiçbir anında ikinizi de yalnız bırakmayacağımı aklından çıkarma olur mu? Seni her şeyden çok seviyorum Leyla, bu çocuğu da..." dedikten sonra Leyla'nın yüzüne baktım. Endişesi kaybolmuş gibi görünen gözlerini yüzüme dikmiş minnetle bana bakıyordu. "Adı Metin olsun mu?" diye sordum. "Bakarsın onun da güçlü olması gerekir ileride..." diye ekledim tebessümle. Gözlerini kırparak onayladı beni. Bakışlarında çok büyük bir yükün altından kurtulmuşluğun ferahlığı vardı. Bebeğin kulağına "Senin adın Metin..." diye fısıldadıktan sonra Leyla'nın kucağına bıraktım. Tereddütlüydü... Neler hissettiğini bilemiyordum ve bilmek de istemiyordum doğrusu. Çünkü geçmişi değiştirebilmemiz mümkün değildi. Bu nedenle değiştiremeyeceğimiz olaylara takılıp kalmanın bize mutsuzluktan başka bir şey getirmeyeceğini biliyordum... Zaman su gibi akıp giderken Metin de hızla büyüyordu. Her ne kadar kimselere söyleyemesem de annesi gibi Metin'in de konuşamamasından çok korkuyordum. Fakat korktuğum gibi olmadı. Metin'in yaşına göre geç de olsa konuşmaya başladığına bütün kalbimle şükrederek sevinmiştim. Üç yaşına geldiğinde köyün çocuklarıyla arkadaşlıklar kurar olmuştu, onlarla oyun oynamaya bayılıyordu. Bu sayede çok daha güzel konuşmaya başlamıştı. Metin'in köyde kalıp ziyan olmasını istemediğimden ortaokul çağına gelince şehre taşınmayı kafama koymuştum. Böylece iyi bir eğitim alabilecek ve hiç kimseye boyun eğmeyen özgür bir adam olarak dimdik duracaktı. Bu yolda ne yapmam gerekiyorsa vakti gelince hiç düşünmeden yerine getirmeye hazırdım. Ama asla babamın bana yaptığı gibi kendi arzularımı Metin'e dayatarak olmadığı birine dönüşmesine neden olmayacaktım! Ancak mali olarak bunları gerçekleştirebilecek gücümüz olmadığından Metin'in okul çağı gelene kadar para biriktirmem gerekiyordu. O günden sonra daha çok çalışmaya ve boğazımızdan artan üç beş kuruşu kenara atmaya başladım. Metin'i bu kadar seveceğim, ona böyle derinden bağlanacağım aklıma gelmezdi. Onunla ilgilenmek, oyunlar oynamak harika hisler uyandırıyordu bende. Yaşamı yeniden keşfeder gibiydim onun sayesinde, sanki onunla birlikte yeniden büyüyordum. Yaşayamadığım çocukluğumu onunla telafi ediyordum adeta. Bahar aylarında kelebeklerin peşinden paytak paytak koştururkenki gülüşünü, kısılmaktan neredeyse kaybolan yumuk gözlerini ve güldükçe ortaya çıkan iki pirinç tanesi gibi sütdişlerini görmek için bile bin kere ölmeye değerdi. Aramızda her geçen gün daha da güçlenen bir bağ vardı. Ne zaman evden ayrılsam peşimden gelmek için can atıyordu. Yakın yerlere onu da götürüyordum. Fakat Leyla saadetini benim gibi göstererek yaşamıyordu. Annelik duygusuyla birlikte dilinin yeniden çözüleceğini düşünmekle yanılmışım. Ancak beni asıl endişelendiren Leyla'nın Metin'e umduğum sıcaklığı göstermiyor olmasıydı. Bu düşüncemden Leyla'ya da bahsettiğimde beni yalanlamadı. Metin'i çok sevdiğini ama ona geçmişi hatırlattığını, bu yüzden yıllar geçmiş olsa bile benim yüzüme bakarken hâlâ utandığını anlattı işaretleriyle. Bana duyduğu sevgi sayesinde bunca kötülüğe katlandığını eklemeyi de ihmal etmedi. Diyecekleri bitince yüzü birdenbire yere iniverdi. Parmak uçlarımla çenesine destek vererek yüzünü kaldırdım ve gözlerinin içine doya daya baktım. Ardından şefkatle sarıldım Leyla'ya, omuzlarını ovalayıp simsiyah saçlarını okşayarak öptükten sonra o an hissettiklerimi birer birer sıraladım... "Canımın içi Leyla..." dedim. "Kimse, kimsenin içinde kopan kıyameti anlayamaz bilirim. Ankara'dan buraya göğsümün altında kocaman bir boşlukla geldim kaç sene önce. Çünkü umutlarımı, sevgimi, sevdiklerimi kalbimle birlikte orada bırakmıştım. Biliyor musun, çok geçmeden öleceğime de emindim üstelik. Bir daha iflah olmam diyordum. Zaten aksini de istediğim söylenemezdi ya, neyse... Seni iyileştireyim derken merhem etmişim meğer yaralarıma. Bağrıma basmışım, acıma sarmışım... Benim yüzüme bakmaktan utanma, benim yüzüme bakmaktan asla usanma! Aksi halde beni incitirsin. Hem geçmişi düşünmekten de vazgeç olur mu? Önümüzdeki yıllar bizim.

Bırak, içimizden geldiği gibi doya doya yaşayalım. İçimizdeki ağrıyı dindirmeye çalışarak yaşlanmak istemiyorum. Yoksa seni sevmeye bir ömür nasıl yetecek?" Uzun zamandır ilk defa Leyla'yı o kadar içten gülümserken görmüştüm. Sonra da sımsıkı sarılıp boynumdan öptü. Söylediklerimin hoşuna gittiği belliydi. Hissettiği güven duygusuyla kısa sürede huzurlu bir uykuya dalıverdi. Öylece durmuş onu izlerken mutlu olması için her şeyi yapabileceğimi fark ettim. Sonra usulca yanına kıvrılıp yarınların daha güzel olmasını dileyerek gözlerimi kapattım...

Bir insan gelecekten ne kadar umutlu olabilirse, ben de o kadar umutluydum. Sabırsızlıkla beklediğim günler gelip çatmıştı sonunda. İki ay evvel Metin altı yaşına girmişti ve yaz sonunda birinci sınıfa başlayacaktı. Metin, henüz okulun ne anlama geldiğini bilmiyordu. Fakat ben aylar öncesinden heyecanlanmaya başlamıştım bile. Çünkü canım oğlum kendi geleceğinin mimarı olmak için ilk adımı atacaktı... Leyla da geçen zaman içerisinde Metin'e eskisinden daha fazla kol kanat geriyordu. Yaşadığı bütün kötü olayları, geçirdiği sarsıntıları bir bir geride bırakmış, normal hayatına dönmeye başlamıştı. Fakat ne yaptıysam yeniden konuşmasını sağlamayı başaramadım. Hatta bir keresinde onu uzman doktora bile götürdüm. Ancak doktor tedavi için epey bir zaman gerektiğini söyleyince Leyla vazgeçti. Bu işe fazla umut bağlayıp sonunda hüsrana uğramaktan korkuyordu. Leyla'nın çabaladığı halde konuşamadığı için kendini kahretmesi benim açımdan da çok üzücü bir sonuç olurdu. Leyla bu korkuyla yüzleşmek istemeyince her şeyi akışına bıraktık. O benim gönlümce yeryüzünün en kusursuz, en muazzam insanıydı sonuçta. Onu tüm kalbimle seviyorken daha fazlasının olması şart değildi. Bir insan gönlünü verdiği birinden sevgisine karşılık aldıktan sonra daha ne isteyebilir ki? Ben de daha fazlasını istemedim. Leyla'nın mutluluğu ve Metin'in iyi bir geleceğe sahip olması dışında hayattan çok büyük beklentilerim yoktu. Son yedi yıldır ayda birkaç defa dededen kalma o kıraç araziye muhakkak geliyordum. Her ne kadar verim almayı başaramamış olsam da burası benim için çok önemli bir yerdi. Burayla ilgilenmeye başlamamın asıl nedeni yedi yıl evvel Leyla'nın başına gelen o kötü olayın bende yarattığı etkiden kurtulmaya çalışmaktı. Araziyi çevreleyen dikenli tellerin çürümüş kazıklarını değiştirmek, su kuyusunu onarmak, mahsul vermeyeceğini bile bile bu kayalık toprağa tohum ekmek bir bakıma beni tedavi ediyordu. Böylece zihnimi meşgul edebilecek bir şeylerle uğraşmış oluyordum. Bu yüzden arazinin işleri bitmek bilmiyordu, yıllarca da bitmeyeceğini biliyordum. Son iki yıldır Metin de sık sık peşime takılıyor, nereye gitsem benimle birlikte geliyordu. Oynayabileceği bütün oyuncakları ona kendim yaptım. Geçen sene yorgun akan cılız bir dere kenarındaki meşe kütüğünü oyarak yaptığım küçük gemi en sevdiği oyuncağıydı. Karşısına çıkan her su birikintisinde tahta gemisini yüzdürmeye çabalarken gülücükler içinde çocukluğunu yaşıyor. Tam da bu yüzden ona Kaptan diye hitap ediyorum. O benim küçük kaptanım! Belki de kocaman bir gemiyi yüzdüren kaptan olacağı içime doğuyordur, kim bilir... Bir kaptan olmasını sahiden de çok isterdim. Fakat bunun için oldukça uzun bir yol vardı önünde. Metin, birçok yaşıtına göre vardan yoktan anlamayan bir çocuk değil. Bazen başkalarında gördüğü şeye çocuksu bir hevesle o da sahip olmak istiyor ama olamayacağını izah edince de zırlayıp diretmiyor. Metin'in bu huyunu seviyordum. Aksi halde onun herhangi bir şey için ağlamasına rağmen istediği şeyi ona alamasaydım kahrolurdum. Geçen yıl Reşit Ağa torunu Kerim'e kasabadan gök mavisi bir bisiklet almıştı. Zaten Reşit Ağa, oğlu Cemil ortadan kaybolduğundan beri torununun üzerine daha fazla düşüyor, bir dediğini iki etmiyordu. Hal böyle olunca köyün bütün çocukları pervane gibi Kerim'in peşinde dönüp duruyordu. Metin de bir bisikleti olmasını istedi haliyle ama bu pek mümkün değildi. Metin'in eğitimi için zar zor biriktirdiğimiz paranın hatırı sayılır bir kısmını bisiklete vermemiz olanaksızdı. Durumumuzu anlattığımda en çok o zaman üzülmüştü. Peşimden hiç ayrılmayan o çocuk sanki bana küsmüş gibi günlerce yanıma uğramamıştı. Bütün bunların kendi iyiliği için olduğunu anlayamayacak kadar çocuktu henüz. Zaten bisiklet meselesinden sonra başka bir şey istemedi benden. Keşke isteseydi... Heves edip alamadığı her şeyin minicik yüreğinde birer ukde olarak yer ettiğini nereden bilebilirdim ki? Bilerek yapmadığım bu hatanın bedelini ne yazık ki çok ağır ödedim.

Dün, güz dökümüne hazır olsun diye samanlığın içini düzene sokmaya çalışıyordum. Güneş iyice tepeye dikilmiş, ağustos sıcağı kendini belli etmeye başlamıştı. Samanlığın tozlu havasında iyice bunalmış, kan ter içinde kalmıştım. Ayağa kalkıp ağrıyan belimi hafifçe doğrulttuğum sırada gözüm bir anlığına dışarıya ilişti. Samanlığın aralanmış kapısından Metin'in geldiğini görebiliyordum. Yaklaştıkça o umarsız çocuğun kendi sağ elini sıkıca kavradığını, sesi duyulmasın diye sudan çıkmış balık gibi yutkunduğunu ve gözkapaklarını yumdukça yanaklarına dökülen çiy tanelerini koluyla silmeye çalıştığını fark ettim. Yanıma geldiğini zannederken o benim içeride olduğumu görmedi bile.

Çenesi göğsüne değecek kadar boynunu bükmüş bir halde aralanmış kapının önünden geçti ve samanlığın duvarına yaslanıp yere oturdu. Her ne kadar görüş açımdan çıkmış olsa da burnunu çekerek kendini sıkmasından kalbinin paramparça olduğunu anlayabiliyordum. Kendi kendine bir şeyler mırıldanıyordu. Olup biteni anlamak için bir süre ne söylenip durduğunu duymaya çalıştım ama faydası olmadı. Nihayet yanına gidip onunla konuşmaya karar verdiğimde samanlığın gıcırdayan kapısının sesine doğru hafifçe başını çevirdi ve gözucuyla beni görüp yeniden önüne döndü. Sırtını duvara yaslamış, karnına kadar çektiği dizlerinin üzerine alnını koymuş, çelimsiz bacaklarının arasına avucunu sıkıştırmış halde duruyordu. Gerçekleşmeyen çocuksu hayalleri yüzünden zaman zaman böyle kendi içine kapanırdı. Yine öyle zamanlardan biri olduğunu tahmin ettiğimden üzerine gitmek istemedim. Kendini sıkmaktan takati tamamen kesilmiş gibiydi. Oğlumu ne zaman böyle görsem yüreğim burkulurdu. Altı yaşındaki bir çocuk için bunca mutsuzluğun fazla ağır olduğunu biliyordum... Tıpkı onun gibi oturdum yanına. Bir şeyler söylemesini bekledim ama tek kelime etmedi. "Hey küçük kaptan!" diye seslendim, dönüp bakmadı bile... Gülümsetmek için söylediğim hiçbir şeye tepki vermedi. Elimi başına götürüp saçlarını karıştırarak "Amma da uzattın be Kaptan. Ne olduğunu söyle de beraber üzülelim..." dediğim anda oturduğu yerden fırladı. Boncuk boncuk terlemiş avuç içi kadar yüzünü öfkeyle bana çevirdi. Kan çanağına dönmüş kısık gözleriyle gözlerimin içine bakarak "Keşke benim babam sen olmasaydın!" diye haykırdı. Öylece bakakaldım yüzüne... Ben çok büyük haksızlıklara uğradım geçmişte, büyük acılar yaşadım, hâlâ da yaşamaktayım... Ama bu, tarifini asla yapamayacağım bir duygu... "Keşke benim babam sen olmasaydın!" cümlesi yüreğimden hızlıca geçen bir neşter gibi bütün gücümü budayıp attı. Aklımın kıyısından bile geçmeyecek bu tepki karşısında olduğum yere yığılıverdim... Oğlumun gözünde süper babayken bir anda bir böceğe dönüştüğümü görebiliyordum. Metin'i ensesinden usulca çekip bağrıma bastım... En güzel çağlarının iki yılını bir yanlışlık yüzünden hücrede geçirmiş bir adam olduğumu o saniye yeniden özümsedim. Karın boşluğuma gelen yumruklar, sırtımda yumuşayan cop darbeleri, kafama dayanmış ve her an kusmaya hazır tabanca namlusu, tırnaklarımı söken kerpetenin şefkatsiz dudakları... Yaşadığım ve tekrarından korktuğum her bir acı, sanki beni teselli edercesine saniyeler içinde yeniden aklımdan geçti. Ufacık bir çocuğun gözünde yerle bir olmanın izahı yokmuş. İnsanın akıl sağlığını sınayan hiçbir acı, yüreğe bu denli merhametsizce dokunamazmış! Gözlerimin dolduğunu anladığım anda kafamın içinden geçen düşünceleri olduğu yere gömerek o buz soğuğu sessizliği bozdum. "Niye öyle söyledin Metin?" diye sordum terden sırılsıklam olmuş saçlarını öperken. Bir anda geriye çekilip o ufacık avucunu gözümün içine sokarcasına bana doğru uzattı.

"Bak!" diye haykırdı. Parmaklarının iç kısımları fena şekilde yanmıştı. Kavurucu ağustos güneşini eliyle yakalamıştı sanki ve şimdi o ateş topunu benim yüreğime bıraktığını bilmiyordu... Minicik parmaklarını o halde görünce bir an ne yapacağımı bilemedim. Ardı ardına milyonlarca düşünce geçti aklımdan. Metin'in yanaklarından ılık ılık süzülen gözyaşlarını başparmağımla silmeye yeltendiğim sırada omzunu silkerek bunu yapmama müsaade etmemesine rağmen biraz zorladıktan sonra neler olduğunu anlattı. Reşit Ağa, torunu Kerim'e kasabadan içi adeta renk cümbüşü olan cam bilyeler almış. Kerim, bilyelerle oynarken Metin de hevesle onu izliyormuş. Bir süre öylece izledikten sonra Metin de bilyelerle oynamak istemiş. Kerim de Metin'in bazı işleri yapması karşılığında bilyelerle oynayabileceğini söylemiş. Metin'den önce ahırı temizlemesini, sonra ahırın önündeki çeşmeden su taşıyarak hayvanları sulamasını ve tımar etmesini istemiş. Zavallı çocuk basit bir bilyeyle oynayabilmek için minicik elleriyle saatlerce uğraşmış. Metin bunları anlatırken her şey gözlerimin önünde canlanıyor ve o halini düşündükçe yüreğim parçalanıyordu. Üstelik bu durum ilk kez olmuyormuş. Daha önce de bisikletle oynamak için benzeri eziyetlere katlanmış. Olgun bir çocuk olduğu için değil hevesi kaçtığı için Kerim'de gördüğü şeyleri istemekte ısrarcı olmuyormuş meğer bana. Sonunda Kerim'in söylediği işleri bitirince bilyelerle oynamak için ahırdan çıkmış. Ahırın hemen yan tarafındaki büyük ıhlamur ağacının gölgesinde oturan Kerim'in yanına gittiğinde bilyeler de ayaklarının hemen ucunda, toprağın üstünde duruyormuş. Onlarla oynamayı hak ettiğini duyunca sevinçle bütün bilyeleri avuçlamasıyla fırlatması bir olmuş. Metin bilyelerle birazcık oynayabilmek için kendini parçalarken Kerim de bilyeleri kor ateşin içinde iyice ısıtmış. Acı içinde oradan koşarak uzaklaşırken Kerim kahkahalara boğuluyormuş. Hal böyle olunca zavallı çocuğun elinin içi parmaklarıyla birlikte göz göz yanmış. Hıçkırıktan kesik kesik çıkan sesiyle bunları anlatırken hem üzüntüden hem de öfkeden nefesim kesiliyordu. Metin'in dediği gibi her şey benim yüzümdendi... Pek gönüllü olmasa da oturduğu yerden kaldırıp güçlükle eve götürdüm onu. Leyla da Metin'i ilk defa bu kadar üzüntülü görünce meraklandı. Telaşlı bakışlarını gözlerime dikip işaret diliyle ne olduğunu sordu. Metin'in sağ bileğini tutup avucunu Leyla'ya gösterdim. Gözleri bir anda fal taşı gibi açılıverdi. Metin'in avucundaki yanığın acısını kendi yüreğinde hissettiği o kadar belli oluyordu ki anlatamam... Yıllardır ona olan sevgisini içinden geldiği gibi göstermese de Metin'i ne kadar çok sevdiğini ilk kez o an anlayabildim. Bazı geceler Metin'i uyurken sessiz sedasız sevdiğine de şahit olmuştum, fakat anaç duyguları ilk defa bu kadar belirgin bir şekilde ortaya çıkıvermişti. Hemen mutfağa koşup birkaç dakika içinde elinde yarım patates, sirke ve bir parça bezle geldi. Sirkeyle Metin'in yanmış elini yıkadıktan sonra patatesi avucuna sardı. Bunu babaannesinden öğrendiğini ve ağrıyı alıp su toplamasını azaltacağını anlatmaya çalışırken gözleri dolmuştu. Elinin sancısı biraz hafifleyince Metin hemen uykuya dalıverdi. On sekiz yaşındaki kocaman delikanlının altı yaşındaki küçücük bir çocuğa bu eziyetleri yapmış olmasına katlanamıyordum. Kendimi daha fazla tutamayıp bu olayın ardından Reşit Ağa'nın konağına gittim. Amacım Kerim'i cezalandırmak değildi. Bundan sonra ailemin onlar yüzünden zarar görmesini istemediğimi hem ona hem de Reşit Ağa'ya kararlı bir şekilde ifade etmek istiyordum. Fakat kasabaya gittiklerini, ancak yarın döneceklerini duyunca eve döndüm.

Ertesi gün işim bittikten sonra tekrar konağa gidip Reşit Ağa'yla son defa konuşacaktım. Hatta gerekirse geri dönmemek üzere bu köyden de ayrılabilirdim. Çünkü bütün bunları anlatmaya, "Kontrolden çıkmış bir hayatın direksiyonunu sıkıca kavramış durumdayım" diye başlarken mübalağa etmiyordum! Hatta bütün bunları Cemil'in meymenetsiz suratına bakarken yazıyorum! Artık ne yapmam gerektiğini tam olarak ayırt edemiyorum. Leyla'ya olan sevgimin derinliği yıllar önce bana çok önemli bir şey öğretti. Çok güçlü sevgiler, sıradan insanları fedakâr bir kuzuya çevirebileceği gibi onların tehlikeli bir kurda dönüşmesine de neden olabilirdi. Tam yedi yıl evvel sadece fedakâr bir kuzu olmaktan vazgeçtim! Leyla'ya yaptıklarından sonra Cemil'i jandarmaya şikâyet ettiğim gün, sanki suçlu olan o değil de benmişim gibi iftira ettiğim gerekçesiyle nezarete atılırken içimde aç bir kurt uyanıp ruhumdaki fedakâr kuzuyu yedi. Umutsuzluk, tedavisi olmayan bir enfeksiyon gibi en küçük hücrelerime kadar yayılmıştı. İşte o sırada içimde uyanan aç kurda kulak verip kıraç arazideki bu virane su koyusunu onarmaya başladım. Kendimi oyalamak için başladığım bu onarım işi, zamanla yüreğimi kavuran ateşi söndürme çabasına dönüşmüştü. On üç metre derinliği olan bu susuz kuyunun dibini iyice körleyip su almasını önledikten sonra aynı şekilde duvarlarını da su almayacak şekilde yeniden sıvadım. Kuyunun dibine yukarıdan bakıldığında fark edilmeyecek bir kapı yaptım. O kapı, üç metre yüksekliğinde ve yirmi metrekare büyüklüğündeki bu odaya açılıyordu. Isı ve sesi dışarıya geçirmemesi için her yeri baştan sona kalın halı ve kilimlerle döşedim. Üzerine de şehirden ısmarladığım süngerleri özenle sabitledikten sonra ortaya bu sığınak çıkmıştı. Buranın ulaşımını on üç metre uzunluğundaki ipten yapılmış seyyar bir merdivenle sağlıyordum. İşim bittiğinde merdiveni toplayıp alıyordum. Böylece bu ücra yere yolu düşen birinin şans eseri burayı bulma ihtimali de ortadan kalkıyordu. Bütün bunları hazırladıktan sonra geriye kalan tek eksik Cemil'di! Tam dört gece boyunca sabırla gelmesini bekledim. Beşinci gece yarısı nihayet geldi. O kadar sarhoştu ki onu konağın önünden alıp yerin on üç metre altındaki sığınağıma götürmem hiç de zor olmadı... Neredeyse bir gün boyunca uyudu. Kendine geldiğinde bir kolundan ve bir ayağından duvara zincirli vaziyetteydi. Beni de tam karşısında kitap okurken görünce hiç de hoş olmayan bir tavırla küfürler yağdırmaya başladı. Neden orada olduğunu sorgulamak aklının ucundan bile geçmiyordu. Tek yaptığı buradan kurtulunca bunun bedelini bana nasıl ödeteceğini anlatmaktı. Babası Reşit Ağa'nın onu bulacağını ve beni buraya gömeceğini söylüyordu. Fakat söylediklerinin umurumda olmadığını zamanla anlayacaktı. Söylediği hiçbir şeye cevap vermedim ve onu orada yalnız bıraktım. Bir hafta sonra tekrar geldiğimde artık daha insanca davranıyordu. Çünkü insanlığın en çıplak duygusu olan korku bütün ruhunu sarmıştı. Yine yüksek sesle ama bu defa küfretmeden konuşuyordu. Söylediği hiçbir şeyi önemsemiyordum. Sonra Reşit Ağa'ya göndermek üzere ona "Beni arayıp soruşturan insanlarla münakaşaya girmeyin. Ortalık biraz sakinleşince bütün meseleleri halledip geri döneceğim..." diye bir not yazdırdım. Bunun dışında merak ettiğim tek bir sorunun cevabını almak istiyordum sadece.

"Leyla'ya bu kötülüğü neden yaptın Cemil?" diye sordum.

"Ben Leyla'ya bir şey yapmadım!" diyerek yeniden inkâr etti.

"Senin yaptığını biliyorum ulan adi herif!" diye bağırdım. Ona vurmamak için güçlükle de olsa kendimi tutmayı başardım. "Tamam o zaman... Mademki dürüst olmayacaksın konuşmamıza da gerek yok" deyip çıktım.

Son bir çabayla Cemil'le bir kez daha konuşmaya çalıştım. Sonraki ziyaretlerimde kendi başına konuşmasına, yalvarmasına, ağlamasına kayıtsız kalıp tek kelime dahi etmedim ona.

Leyla'nın hastalanmasıyla birlikte hamile olduğunu öğrendiğimiz gecenin sabahında yeniden kuyuya gitmiştim. O gün sessizdi Cemil. Ben de duvara yaslanarak oturmuş bir halde gözucuyla kitap okuyordum. Cemil, bir süre sonra yılgın bir sesle konuşmaya başladı.

"O gün..." diye başlayıp duraksadı. Kitaptan gözümü ayırmadım, sonra devam etti. "O gün çok sarhoştum... Sizin evin önünden geçerken Leyla da o sırada evden çıkıyordu. O kadar sarhoştum ki Leyla'nın kendi kendine konuşup 'Seni seviyorum' dediğini bile işittim. Konuşamadığı aklıma gelmedi bile... Sonra evin arka tarafına doğru yöneldi, giderken bana da kaş göz yaptığını sandım. Peşinden gittim... Alt kattaki kapı aralık duruyordu, sessizce içeri girdiğimi duymadı. Son zamanlarda Leyla çok değişmişti zaten, Deli Kız'ın yerine bambaşka biri gelmişti. Ama Allah belamı versin ki hiçbir şey planlı olmadı. Ayaklarım kırılsaydı da oradan geçmeseydim ama olan oldu işte... Sonra senin sesini duyunca kaçtım hemen. Gerisini sen de biliyorsun..."

Yerimden yavaşça kalktım, Cemil'in tam karşısına geçip çöktüm.

"Leyla o gün sahiden konuşuyordu..." dedim üzüntüyle. "O sabah onun sesiyle uyanmıştım güne. Önce inanamadım konuştuğuna ama sahiden de konuşuyordu. Daha fazlasını isteyip yormak ya da ürkütmek istemedim. Gün boyu konuşmaya gayret edecek, akşam olunca da bana bir şeyler söyleyecekti. Ama senin gibi namussuz, şerefsiz bir mahlukat hevesimizi elimizden aldı! Yine de seni öldürmek yerine şikâyet etmeyi seçtim. Ama siz, ailece ne yaptınız? Bütün haysiyetsizliğinizle hem inkâr ettiniz olanları hem de beni suçlu çıkardınız! Ama öyle olmaz Cemil! Öyle olmaz... Bazı günahların bedeli öbür tarafa kalmamalı. Zavallı Leyla'ya baban ayrı, oğlun Kerim ayrı zulmetti. Deli diye yaftalayıp insan yerine bile koymadığınız kimsesiz birinden ne istediniz? Ne kastınız vardı ulan bu kadına? Bazen 'Ya beni öldür ya da bırak' diye yalvarıyorsun ya, yalvarma! Seni öldürecek kadar da bırakacak kadar da sevgi dolu değilim. Böyle bir iyiliği hak etmeyecek kadar kötü birisin. Şimdi sana ne olacağını söyleyeyim Cemil... Buradan tam on yıl sonra çıkabileceksin. Ama korkma... O zamana kadar bakacağım sana, ölmene izin vermeyeceğim!" deyip Cemil'in yakarışlarına aldırmadan kuyudan çıkıp gittim...

Cemil, işlediği günahı nihayet itiraf etmişti. Bütün bunları onun ağzından duyduktan sonra yüreğimdeki ağırlığın hafifleyeceğini sanıyordum. Fakat öyle olmadı... Hissettiğim acıyı nasıl bastırabileceğim ya da hafifletebileceğim konusunda bir fikrim yoktu. Kuyudan çıkınca ağladım sadece. Keşke ağlamak dışında yapabileceğim bir şey daha olsaydı. Cemil'i hapsetmek ya da hayatına son vermekle dahi geçmeyecek bir hüzündü yaşadığım. Ne yazık ki bu ekşi tadı, hayatımın sonuna dek en mutlu anlarımda bile damağımda hissedeceğimi biliyordum. Öyle de oldu... Leyla'nın başına gelenlerden sonra ikimiz de o günü yok saymayı başaramadık. Cemil'i o kuyunun dibine sokalı tam yedi yıl oldu. Ama onun ruhuma bıraktığı ağrı yedi yılda yedi saniye bile geçmedi. Dün de Metin'in ellerini yanıklar içinde gördüğüm an bir şeylerin düzeleceğine olan inancım yeniden sarsıldı. Çünkü kötü insanların iyi davranışlar sergilemesini beklemek aptallıktan başka bir şey değil. Hayatım boyunca bu yanılgıya düşüp durdum ne yazık ki... Ankara'da başlayıp bir köyde devam eden hikâyemin beni nereye götüreceğini artık kestiremiyorum. Fakat canım Leyla ve oğlum Metin için bambaşka birine dönüşüp tereddüt bile etmeden her şeyi yapabileceğimi biliyorum. Onları yeryüzündeki her şeyden çok daha fazla seviyorum... Ben bunları yazarken Cemil'in nefes bile almadan beni izlediğini görebiliyorum. Bir şey diyecek gibi olup susuyor. Huzursuz olduğunu bakışlarındaki endişeden anlayabiliyorum. Lakin yıllardır söylediği tek bir kelimeye bile cevap vermediğim için o da zamanla konuşmaktan vazgeçti. Belki de artık Leyla'nın hissettiklerini daha iyi anlayabiliyordur. Kim bilir, belki de yaptığı her şey için bütün kalbiyle pişman olmuştur. Dilerim ki öyledir, yoksa bunca yıl boyunca ikimiz de boşuna azap çekmiş olacağız... Birazdan eve uğrayıp Metin'in elinin nasıl olduğuna bakacağım, dünkü kadar acısı olmamasını umuyorum. Oradan da Reşit Ağa'nın konağına tekrar gidip Kerim'in hastalıklı davranışlarını Reşit Ağa'ya söyleyeceğim. Kerim'e bu kadar müsamaha gösteren de onu şımartan da kendisiydi. Aslında onunla konuşmamın hiçbir yararı olmayacağından eminim. Fakat kendi kabuğuma çekilerek dün olanları sineye çekmeyeceğim. Belki de Kerim'i biraz korkutmam gerekiyor, bilemiyorum. Ama ailemi koruyacağım konusunda ne kadar ciddi olduğumu onlara göstermekte kararlıyım. Çünkü Leyla ve Metin'den başka korumam gereken daha kıymetli bir şeye sahip değilim. Bunun için ne gerekirse öyle yapacağım...

Bulduğum defterde yazılanlar burada sonlanıyordu... Okuduğum sayfalar tükendi...

Babam, son satırları yazdıktan sonra benim yüzümden o lanetli konağa gidip ölmüştü! Babama ait bu defteri okurken her cümlesinde kahroldum. Kaburgalarımın altında nefes almamı engelleyen kocaman bir yumru var gibiydi. Bu defter sayesinde öğrendiğim gerçeklerden sonra ne yapacağımı şaşırmış haldeydim. Biyolojik babamın Cemil olduğunu öğrenmek kabullenebileceğim bir hakikat değildi.

Tam ortasına düştüğüm bu durum, canını alsam zerre kadar üzülmeyeceğim Kerim'le de kardeş olduğumuz anlamına geliyordu... Okuduklarımın bir rüya olmasını temenni etsem de her şey gerçekti. Fakat bunların hiçbirisi ne amacımdan sapmama engeldi ne de yüreğimin soğuması için yeterliydi! Geçmişte olup bitenleri öğrendikten sonra en çok da annem için üzüldüm. Bana hiç kimse onun konuşma engeli olduğundan bahsetmemişti. Aslında kimsenin onun hakkında konuşmasına ben izin vermemiştim. Çünkü beni bırakıp gittiği için anneme çok derin kırgınlıklarım vardı. Zavallı kadın gördüğü onca kötülükten sonra babamın ölümünü kaldıramayıp kendi canına kıymış meğer. Beni bırakıp neden ölmeyi tercih ettiğini şimdi anlayabiliyorum. İnsan sevdiğini yitirmeye tahammül edebilir belki ama yeryüzünde kendini seven son kişiyi kaybetmeye katlanamaz! Çünkü kendini bir yere ait hissedemezsen yoksun demektir. Ne yazık ki zavallı annem de kendini bir yerlere sığdırmayı başaramamış. Anneme duyduğum öfkenin ne kadar da yersiz olduğunu onu tam anlamıyla tanıdığımda anladım. Okuduğum bütün her şey sevgili babam Selim ve annemden başka kimsenin bilmediği bir sırdı. Ben de bu sırrı ifşa edebilecek tek kanıtı gün ağarmaya başlarken bir kovanın içinde yaktım ve kül oluşunu ağlayarak izledim. Sabahın ilk ışıklarıyla birlikte yanıma bir halat alıp defterde bahsedilen kıraç tarlaya gittim. Paramparça olmuş hafızamda ufak tefek anılarla anımsayabiliyordum burayı. Yerden yüksekliği yaklaşık bir buçuk metreyi bulan su kuyusunun kenarına kadar yaklaştım. Bir kısmı yıkılmış olan kuyunun içi zindan gibiydi. El fenerinin yardımıyla kuyunun dibindeki taş ve molozları görebiliyordum. Yanımda getirdiğim halatı sağlam bir yere bağlayıp kuyuya indim. Duvarın bir metre kadar içine yapılmış kilitli kapıyı yukarıdan görmek mümkün değildi. İşte babamdan kalan anahtarlıktaki üçüncü anahtar da bu kapıyı açıyordu. Kapıyı hafifçe araladım ve dışarı çıkıp bir süre bekledikten sonra geri döndüm. Her yer tahta, kumaş ve naylon parçalarıyla döşenmişti. Hemen karşıdaki duvarın önünde bir sedir vardı. Sedirin üzerinde cenin pozisyonunda ve ayak bileğinden zincirlenmiş olarak bulduğum kalıntının Cemil'e ait olduğu babamın yazdıklarından belliydi. Cemil'in biyolojik babam olduğunu öğrenmiş olmama rağmen böyle acınası bir halde olması beni hiç üzmüyordu. Çünkü yaşanan trajedinin tek suçlusuydu o.

Kuyudan çıkarken hissettiğim tek şeyin mutluluk olduğunu söyleyebilirim. Nihayet hayatım boyunca altında ezilip durduğum vicdan azabından kurtulmak için bir fırsatım olmuştu. Yüreğimde filizlenen ferahlık duygusuyla eve döndüm. İki gün boyunca evden çıkmadım. Babamın buraya gelip yerleştiği zamanları hayal ettim. Sonra annemle bu evde birbirlerine kattıkları onca şeyi... Birer hafta arayla ikisini de toprağa verdiğim yılları düşündüm. Annemin yazmayı öğrenmeye başladığı karalama defterlerini buldum... Nasıl bir anne evladını sevmeden durabilir diye düşündüm yıllarca. Beni sevmediğini sanıyordum. Fakat annemin yazmayı öğrendiği o defterlerde belki de binlerce defa "Oğlum Metin" yazdığını okudum. Yazdığı o cümle ıskalanmış çocukluğumun bana iadesi gibiydi. Sevincimi tarif edemem... Evden dışarıya adımımı attığım ilk gün soluğu Kerimlerin konağında aldım. Geçmişte işlediği suçu itiraf etmesini yeniden istedim ama beni kovdu. Kerim'e ikinci defa gittiğimde ondan sadece bir talepte bulunmadım, ona bir seçenek de sundum. Her insanın gizlediği ölümcül bir zaafı vardır. Fakat Kerim'in zaafı bir tane değildi! Yıllar önce giden babasının bir gün döneceğine olan inancı onun ilk zaafıydı. İkincisiyse yetimhaneye verdikten sonra izini kaybettiği çocuğuna karşı duyduğu pişmanlıktı. Son konuşmamızda hem babasının hem de çocuğunun yerini bildiğimi söyledim.

"Alay mı ediyorsun benimle? Sen nereden bilecekmişsin babamın nerede olduğunu?" dedi.

"Eğer istediğimi yaparsan söz veriyorum ki ikisinin de yerini söyleyeceğim."

"Bana bak oğlum! Köylüyüz diye aptal mı sandın sen beni? Üstelik ikisinin de yerini biliyormuş! Hadi git buradan, seninle uğraşamam."

Sakin bir tavırla "Peki, sen bilirsin..." diyerek arkamı dönüp gidiyordum ki Kerim'in "Aklı sıra ağzımdan laf alacak şark kurnazı!" diye homurdandığını işittim. Nihayet kulağına kar suyu kaçırmayı başarmıştım. Bir hafta boyunca onun karşısına çıkmamaya çalıştım. Çünkü kendi ayağıyla geleceğinden emindim, öyle de oldu. Birinci haftanın sonunda kendisi gelip benimle konuşmak istedi. Selam bile vermeden gelir gelmez direkt konuya girdi.

"Geçen gün söylediklerin doğru muydu?" diye sordu.

"Evet, doğruydu" dedim.

"Yani senin istediğini yaparsam hem babamın hem de kızımın nerede olduğunu bana söyleyeceksin öyle mi?"

"Evet Kerim, söyleyeceğim."

"Geldin buraya düzenimi bozdun, uykularımı kaçırdın! Günlerdir bir dakika bile gözlerimi kırpamıyorum. Benimle sakın oynama Metin!"

"Günlerdir gözüne uyku girmiyor öyle mi? Ben senin yüzünden yirmi yedi yıldır uyumuyorum be! Ben altı yaşından beri uyumuyorum Kerim! Sen benim babamı öldürdün. Zavallı annem de babamın ölümünü kaldıramayıp canına kıydı. Peki, bana ne oldu biliyor musun? Birkaç yıl boyunca birilerinin evcil kedisi oldum. Sonra bir baktım ki sokağa atılmışım! Bir otoparktaki derme çatma kulübede yıllarım eridi lan benim! Bunlara sebep olan kim biliyor musun? Sensin!"

"Böyle olmasını istemezdim desem de inanmazsın... Kızımın yerini sahiden biliyor musun?" diye devam ederken konuşmasını kestim ve son sözlerimi söyledim ona.

"O zaman sana daha açık olayım Kerim. Seni yıllar önce öldürebilirdim biliyor musun? Evet, bunu yapabilirdim ama yapmadım! Çünkü babamın ölümünden dolayı kendimi suçladım hayatım boyunca. Senin ölmen değil, işlediğin suçu kabullenip vicdanımı rahatlatman gerekiyordu. Babamın üzerine yemin ederim ki sana verdiğim sözü tutacağım. Bundan sonrası senin bileceğin iş... Hadi eyvallah..." deyip yanından ayrıldım.

Birkaç gün sonra gidip suçunu itiraf etti, benden sözümü tutmamı istedi. Ben de sözümü mahkeme görüldükten sonra tutacağımı söyledim. Vakit kaybetmeden bazı işlerimi halletmek üzere bana yaşamak için bir şans sunan güzel İstanbul'a döndüm. Bir zamanlar Sarraf'ın burs verdiği hukuk öğrencilerinden biri olan ve benim de iyi tanıdığım Türkân'la görüşerek saatlerce bu dava hakkında konuştuk. "Bütün bunları senden başkasına anlatamazdım sevgili Türkân. Bu yüzden babamı savunmak için davayı senin almanı istiyorum. Bana yardımcı olacak mısın?" dedim.

"O nasıl soru Metin Ağabey?" dedi. "Tabii ki her koşulda, her zaman yanında olacağım. Rahmetli Sarraf Amca ve sen olmasaydın bugünlere gelemezdim. Eğer sizi savunmayacaksam giydiğim cüppenin hakkını vermiş olmam. Sen hiç merak etme!"

"Teşekkür ederim Türkâncığım. Hayatta her şeyin mutlaka bir nedeni var. Bazen anında görürüz olaylara neyin sebep olduğunu, bazen de yıllar sürer fark etmemiz... Sonuç olarak bu iyiliğini unutmayacağım."

"Benim için yaptıklarının karşılığını ödemek bu kadar kolay olsaydı keşke! Yine eski günleri hatırlatıp mahcup edeceksin beni... Bırakalım şimdi bunları Metin Ağabey, duruşma ne zaman?"

"Duruşma haftaya olacak. Ben bugünden gideceğim, sen de sonradan gelirsin. Ben seni zaten arayacağım. Haftaya görüşürüz diyelim o zaman."

"Olur ağabey. Senden haber bekliyorum o halde. Görüşürüz."

Mahkemenin görüleceği gün kalbim heyecandan duracak gibiydi. O gün hayatımda hiç olmadığım kadar stresliydim. Sanki bir aksilik çıkacak ve her şey bir anda altüst olacakmış gibi hissediyordum. Fakat korktuğum gibi olmadı. Duruşma sırasında Avukat Türkân'ın babamın savunmasını yaparken Kerim de korku dolu gözlerle onu izliyordu.

O bakışları görmek uğruna hayatımı harcadığımı söyleyebilirim. Kerim, o mahkeme salonundan on beş yıl hapis cezasına çarptırılmış kırk yedi yaşında bir adam olarak çıktı. İlk kez bahar görmüş toprak gibiydim. Yüreğimin karanlık dehlizleri yemyeşil vadilere dönüşmüş, içimde benim iklimime yabancı binlerce çiçek açmıştı. Kerim'in tutuklanıp cezaevine koyulmasının üzerinden üç hafta geçtiğinde ziyaretine gittim. Henüz çok kısa bir süre geçmesine rağmen mahkemede gördüğümden bu yana oldukça çökmüş görünüyordu. Gözlerinin feri sönmüş, yanakları sarkmıştı.

Beni görünce "Mutlu musun?" diye sordu.

"Evet..." dedim. "Hiç olmadığım kadar mutluyum."

"Aslında beni kandırdığını ve gelmeyeceğini düşünmeye başlamıştım."

"Ben söz verdiysem tutarım Kerim!"

"Bu neyi değiştirir ki? On beş yıl verdiler, benim o kadar yaşayacağım meçhul. Her neyse, şimdi bana verdiğin sözü tutmanın vakti geldi."

"Biliyor musun, hayatım boyunca bu anı görmek için yaşadım ben. Her şeye bu küçücük an için sabrettim. Ama hayal ettiğim huzur bu değil! Sadece vicdanım rahat, hepsi o kadar işte! Babamın ölümünden kendimi sorumlu tuttum hep. Senin o uğursuz bilyelerinle oynamak için can atmasaydım bunların hiçbiri yaşanmayacaktı belki de! Babam ve annem hakkında daha çok şey öğrenmek için her şeyi yaptım. Daha çok şey bilirsem daha mutlu olacağımı sandım. Ama daha çok şey bilmek daha çok azap çekmek demekmiş bazen! Şimdi sen de daha fazlasını öğrenmek istiyor musun? Bunu gerçekten istiyor musun Kerim?"

"Bunu istediğim için buradayım. Bu hayatta bir babam bir de kızımdan başka kimsem kalmadı, onların da nerede olduğunu bilmiyorum. Yapayalnızım! Bana onların yerini söylemelisin Metin. Ne olur söyle..." derken gözpınarlarının gözyaşıyla dolduğunu görebiliyordum. Öylesine acınası, öylesine düşkün bir durumdaydı ki... Verdiğim sözü tutmam gerektiğini biliyordum ve anlattım.

Onunla aslında kardeş olduğumuzu söylediğimde duyduklarına inanamadı. Bir taraftan ağlıyor, diğer taraftan da sorular soruyordu. "Bugüne kadar babamı öldürmekle kendimi suçlayıp durdum" dedim. "Fakat o gün sen babamı öldürdüğünde aslında Cemil'in ölümüne de sebep oldun. Cemil, senin yüzünden acılar çekerek öldü. Ona işlediği günahların bedelini ödeten kendi oğlu oldu. Babanı öldüren de sendin Kerim! Ömrünün sonuna kadar bu gerçekle yaşama sırası sende artık!"

Hiç ummadığı hakikatleri işitmek onu da en az benim kadar yıkmıştı.

Gitmek için hazırlandığım sırada "Peki, ya kızım?" diye sordu. Yüzüne baktığımda iri ve ürkütücü gözlerinin ağlarken nasıl da kaybolduğunu gördüm. Bunun adı çaresizlikti! "Korkma, kızın iyi" dedim. "Mahkemede karşında duran Avukat Türkân senin kızındı Kerim... Benim hayatımı kurtaran adam senin kızına da bir gelecek sundu. Üzücü olan şu ki babanı da kızını da bir daha göremeyeceksin. Şu haline bak! Muhtemelen buradan çıkamadan ölmüş olursun..." Önce yalan söylediğimi düşünerek küfürler etti. Ancak kızı hakkında her şeyi bildiğimi anladığında bana inandı. Yıllar önce Kerim'in Türkân'ı yetimhaneye verdiğini öğrendiğimde Sarraf'tan istediğim en büyük iyilik onu bulup kendi himayesine almasıydı. Bu istek Sarraf için oldukça kolaydı ve çok geçmeden isteğimi yerine getirmişti. Sarraf'ın ölümünden sonra da okulunu bitirmesi için Türkân'a ben destek oldum. Böylece vakti geldiğinde Kerim de yaptıklarının karşılığını hak ettiği kaderi yaşayarak alacaktı. Öyle de oldu...

Kerim'in ziyaretinden çıktıktan sonra yüzümü göğe dönüp gözlerimi kapattım ve derin bir soluk aldım. İşte her şey bu huzurlu nefes içindi. Bütün savaşım, çabam, sabrım... Geçmişte olanları telafi edecek miydi bütün bunlar?

Tabii ki hayır... Geçmişin telafisi mümkün değildi! Ama gözlerimi kapattığımda babamın bana gülümsediğini görebiliyorum ve annemin benimle konuştuğunu da... Artık onları büyük bir vicdan azabıyla değil, sonsuz bir sevgiyle hatırlıyorum. Sevgi için her şeye değer. Bin ömrüm olsa onlar için bin kere daha harcardım...

"Hayatın boyunca kahrını çekeceğin, sırtında taşıyacağın, her derdine koşacağın ama asla yaranamayacağın insanlar tanıyacaksın! Hiç beklemediğin bir anda, hiç beklemediğin birileri tarafından kırılacaksın. Yeri gelecek birinin omzunda hafifletmeye çalışacaksın acını, yeri gelecek sığınacak bir omuz dahi bulamayacaksın. İşte tam da böyle bir zamanda keşfediyor insan kendini. Çünkü hayatın zımparasından geçmeyen kimse kusurlarından arınamaz!

Bazıları bir kitaba tutunur bu süreçte, bazıları bir şiire, bazıları bir şarkıya, bazıları da bir anıya... Vazgeçmeye dünden razı olmayan herkes illa ki tutunacak bir şey bulabilir kendine. Neden güç alıyorsa insan, nede umut buluyorsa bir tek ona sarılır. Sadece zayıf insanlar korkar çabalayıp hayal kırıklığına uğramaktan. Çünkü vazgeçmek, yaralanmayı göze alarak emek vermekten daha kolay gelir...

Her şeyin mümkün olduğunca yolunda gitmesi için büyük fedakârlıklar yapman gerekir kimi zaman. Bazen yolunu değiştirip en baştan başlarsın, bazen de yol arkadaşını değiştirmek zorunda kalırsın. En zor kısmı da bu aslında... Her ne kadar doğru verilmiş bir karar olsa da hayatında yer etmiş birilerinden arınmak öyle kolay olmaz asla. Önemli olan omuzlarındaki gereksiz yüklerden kurtulabilmen ve yüreğindeki korkularla yüzleşebilmendir. Kaçarak hiçbir şeyi çözemezsin ama onlarla yüzleşirsen en azından kaybetmiş de sayılmazsın! Yeter ki yaptığın eylemlerin sonunda vicdanın tedirgin olmasın, gerisini zaman halleder...

Hayat sürprizlerle ve mucizelerle dolu. İlahi döngünün kusursuz bir adalet sistemi var. Gün geliyor, yapılan iyilik ya da kötülük misliyle geri dönüyor. Belki bunun farkına varamıyoruz ama hiçbir şey karşılıksız kalmıyor. Bu yüzden hayatının hangi anında olursa olsun uğradığın bir haksızlığın kimsenin yanına kâr kalacağını düşünme. Çünkü kader, insanlardan daha adildir..."

Başka bir yolculuğa çıkana dek

sevgi ve umutla kal..."